青春豬頭少年不會夢到理性小魔女

鴨志田一
插畫 溝口ケージ

Kadokawa Fantastic Novels

「妳剛才穿的衣服，我可以拿去洗吧？」
梓川咲太
縣立峰原高中二年級學生。
正在和當紅藝人麻衣交往。
青春 QUESTION 01
理央變成兩人，咲太將其中一個藏在家裡……
這樣算是同居？

雙葉理央
峰原高中二年級學生，科學社社員。
和咲太共通的朋友佑真
是她的心上人。
「梓川你不准看！
不准碰！給我滾出去！」

梓川楓

咲太的妹妹，今年滿 15 歲。
曾經遭受霸凌，
因而走不出家門。

「早安，小楓。」
櫻島麻衣
縣立峰原高中三年級學生，生活超忙碌的當紅藝人。咲太的女友。
青春QUESTION 02
連麻衣都住進梓川家。
新婚生活就是這種感覺？

牧之原翔子
12 歲的國中一年級學生。
將撿到的幼貓暫時交給咲太照顧，
經常來到梓川家探視幼貓。
青春 QUESTION 03
姓名、長相和咲太的初戀女高中生相同的女國中生。
這究竟是怎麼回事？

「呀！呀啊！」
蓮蓬頭的水毫不留情地
漸漸淋溼翔子全身。

青春豬頭少年不會夢到理性小魔女

鴨志田一
插畫 溝口ケージ

Kadokawa Fantastic Novels

——欸，來接吻吧？

說出這句話捉弄我，當時還是高中生的她，在兩年後重逢時變成了國中生。

總歸來說，這到底是怎麼回事？

第一章

不可思議喚來不可思議

1

這天，梓川咲太作了一場夢。

夢見的是往事……雖然這麼說，但也只是約兩年前的事。

咲太國三時發生的事。

胸前被劃下神祕的三道傷口，全身是血被送進醫院十天後的那一天……咲太看膩主治醫生那張為難的表情，溜出醫院到附近的車站搭電車。

去哪裡都好。之所以不經意想去海邊，是因為回想起昨天消磨時間看的那齣電視連續劇，有個角色在海邊感傷。

心情消沉的時候就這麼做吧。咲太心想。

就這樣，咲太來到七里濱海岸。走到海灘，意外有力的浪濤聲傳入耳中。咲太緩緩走到浪花拍打的海岸線。

帶著潮水味，海邊特有的風。午後的陽光好舒服。海面出現一條通往太陽的光之路。放眼看向遙遠的另一頭……大概是因為空氣清淨透明吧，可以清楚看見水平線。

咲太看著大海與天空的界線不久，察覺某人來到身旁。

「你知道嗎？從你的視線高度看得見的水平線和你的距離大約四公里喔。」

具透明感的聲音。音量雖然微弱，卻是蘊含明確意志的堅毅聲音。

「……」

咲太瞥向一旁確認。是按著隨風飄揚的頭髮，身穿制服的女高中生。米色西裝外套與深藍色裙子。她光腳站在沙灘上。

沒看過的女高中生，連名字都不知道的女高中生。

她一察覺咲太的視線就露出惡作劇般的笑容。

咲太姑且確認四周，除了他自己沒有其他人影，頂多只看得見遠方遛狗的老夫妻。這個女高中生在對咲太說話，這個解釋應該沒錯。

「這附近的人都會這樣嗎？」

「嗯？」

她歪過腦袋，大概是聽不懂這個問題的意圖。

「會突然向素昧平生的人搭話？」

這一區是海邊的觀光地，西方是江之島，東方是鎌倉。或許因為這樣而建立起盛情款待外來訪客的善良文化吧。

「啊，難道你覺得我很奇怪？」

「不。」

「太好了。」

她輕撫胸口鬆了口氣。

「只覺得妳很煩。」

「這句話對女高中生來說是禁忌喔。很煩、很土、很白目，這是三大禁句。」

她雙手扠腰鼓起臉頰。看來在生氣。

「那我改一下，妳很瞎。」

「這是第四大。」

她忿恨地對咲太露出不高興的表情。

「這位少年似乎鬧彆扭鬧得很嚴重，發生了什麼討厭的事嗎？」

「剛才的話題……」

咲太無視於她的詢問這麼說。或許就是因為這種態度，才會被這個初識的女高中生說他鬧彆扭吧。

「嗯。」

即使如此，她也完全沒露出厭惡表情，掛著甜美的微笑。她的表情從剛才就相當多變。

「距離水平線多遠的那個話題。」

咲太面對這樣的她，表情依然不悅。

「妳說大約是四公里，真的嗎？」

「出乎意料地近，所以會嚇一跳吧？」

她撿起沙灘上的小樹枝，在潮溼的沙子表面畫一個圓，接著在圓的上面追加一個以圓與線組成的小人。最後，她從這個火柴人畫一條直線到圓周。

「用高中數學教的直線與圓周公式，可以輕鬆算出距離水平線多遠。」

她在沙子黑板上寫下算式，卻被長長延伸過來的海浪捲走而消失不見。她也連忙從海岸線退後一步。

「……」

咲太再度注視水平線。說來神奇，直到剛才都覺得遙遠的那條線，如今看起來卻很近。

「接下來輪到你回答我的問題喔。」

咲太聽她這麼說的瞬間，心想還是別管她好了。不過從結論來說，咲太後來還是對她說出自己來到海邊的理由。

「我——」

首先說明自己有一個妹妹，接著說明妹妹在國中遭到霸凌。

一旦開口，話語就接連脫口而出。

因為受到霸凌，妹妹身上出現了成因不明的瘀青或割傷；自己無法為淒慘受傷的妹妹做任何事；最後，連自己胸口也出現莫名其妙的傷；諸事不順……所以今天來到這裡，想逃離蔓延全身的無力感。咲太一五一十地說出來了。

並不是想得到同情或是期待他人安慰，只是覺得這個突然出現的愛管閒事的女高中生聽完這番話也會不敢領教而離開。這種壞心眼的想法驅使咲太開口。正如突然搭話的這個女生所說，咲太這時候的心態就是如此彆扭。

「原來發生這種事啊。」

說來驚人，她即使聽完這一切，依然沒露出為難表情。沒有同情、沒有安慰，不提及咲太胸口的傷，也不懷疑咲太說謊。

「我叫做牧之原翔子。牧之原休息站的『牧之原』，翱翔天空之子的『翔子』。少年你叫什麼名字？」

她只伸出右手這麼說。

「我叫做……」

咲太反射性地開口。即使躊躇，依然伸手想握住她伸出的手。然而，即將碰到翔子右手的瞬間，這場夢結束了。

咲太在夢中揮空的手碰觸到某個東西。大約手心大小，又圓又軟的觸感……

然後，咲太感受到覆蓋在身上的肌膚溫暖。稍微出汗的柔嫩肌膚緊貼在右半身。

從軟綿綿的觸感以及重量來推測，是一個女孩。

咲太以朦朧的腦袋思考，接著嘴唇被舔了。

咲太緩緩睜開雙眼。

軟綿綿的可愛白色生物位於咲太眼前。是一隻白色幼貓。幼貓繼續以有點粗糙的舌頭舔咲太的臉。

基於某些原因，這隻幼貓大約在兩週前……從第一學期最後一天開始寄養在咲太家。

總之，咲太先將臉上的白色幼貓放下來。

不過這樣還起不來。還有另一隻……不對，另一個大型生物壓在咲太身旁。

是熊貓。更正，是穿著熊貓睡衣的妹妹——楓。雖然是今年滿十五歲的青春少女，卻不時會像這樣鑽進咲太的被窩。

梓川家原本養的貓——那須野就窩在楓的胸前。三花母貓。咲太的右手從剛才一直感受到的柔軟觸感，似乎就是那須野的圓屁股。幸好不是不小心摸到妹妹的胸部。

咲太放開那須野，捏住呼呼大睡的楓的鼻子。

「嗚……」

楓頓時露出難受的表情，卻立刻張嘴確保氧氣來源。咲太原本想把她的嘴也摀住，卻覺得不應該對這年紀的妹妹做這種事，所以打消念頭。

「楓，起床。」

「嗯？啊，哥哥，早安。」

楓揉著眼睛強忍呵欠。

「我說過很多次，別再鑽到我床上了。」

「因為哥哥內心的禁忌之愛會因此覺醒？」

「並不會。」

「請放心。只要哥哥需要，楓將會無止盡墮落下去！」

「天氣夠熱了，拜託別這樣。」

季節是夏天，一點都不會眷戀他人體溫的時期，反倒是想盡可能避免和他人相觸的季節。

不過，大咲太一歲、正在和咲太交往的女友櫻島麻衣當然是唯一的例外。咲太反而希望一年四季都和她相觸。

不過，世間沒這麼讓人稱心如意，咲太每天過著無法和麻衣親密接觸的生活。不只如此，進入暑假至今也只見過幾次面。

重返演藝圈的麻衣忙著拍戲、拍廣告，甚至擔任時裝雜誌封面模特兒，還要接受專訪或是參加活動宣傳節目，每天過著充實的藝人生活。

暑假開始前，麻衣說「一半的時間要工作」，行程卻眨眼間就排滿，幾乎沒空休假。

「唉……」

所以，咲太難免失望嘆氣。

「哥哥，怎麼了？」

「楓，妳知道今天是幾月幾日嗎？」

楓看向數位鬧鐘確認日期。

「八月二日。」

她規矩地回答咲太。

「換句話說，暑假經過兩週左右了。」

「說得也是。」

「可是，我完全沒和麻衣小姐卿卿我我。」

「那麼，要和楓卿卿我我嗎？」

楓抓準機會，將臉湊過來。

「不，我不要。」

楓依然不想離開咲太，咲太硬是拉著她一起起身。

「哥哥對楓有什麼不滿？」

楓猛力探出上半身。咲太差點被她推倒，連忙從床上站起來。

「妳今天莫名拚命耶。」

「楓現在陷入楓史上最大的危機。」

「那是什麼？」

「必須盡快精通妹道才行！」

楓用力點頭回應自己這句話。

「妹道」是什麼？劍道或柔道的親戚？不對，要是拿來相提並論，相關團體可能會打電話過來抱怨。

咲太思考這種沒營養的事情時，對講機響了。看向時鐘，現在是上午十點，所以咲太在應門之前就知道是誰來了。

只有「她」會在這個時間過來。

「來了來了，我現在過去。」

咲太打著好大的呵欠，走向玄關迎接訪客。

來訪的是一名外型清純的少女，白色連身裙更加襯托出她的潔淨感。

年齡十二歲，國中一年級。臉蛋殘留符合年齡的稚嫩氣息，但她說「早安，打擾了」並低頭致意的動作莫名成熟穩重，舉止客氣又有禮。

這名少女——牧之原翔子脫鞋走上玄關，從咲太房間出現的白色幼貓就跑到她腳邊，以背部磨蹭。

「牠今天還沒吃飯。」

「啊，既然這樣，可以由我餵嗎？」

「麻煩也一起餵那須野。」

「好的。」

翔子愉快地微笑。

咲太帶翔子到客廳。幼貓在腳邊嬉戲。

「哥哥，請過來一下。」

咲太經過自己臥室門口時，楓對他招手。咲太先帶翔子到客廳，然後回到楓身旁。

「什麼事？」

「哥哥喜歡年紀小一點的妹妹嗎？」

楓隱約像是快要哭出來的樣子。

「這是什麼問題？」
「哥哥喜歡清純有禮的妹妹嗎？」
楓不時瞥向客廳，頗為在意。看來這就是楓所說的「楓史上最大的危機」。
「我只要有楓這個妹妹就好。」
「真……真的嗎？」
「我反而想問，妳把我當成什麼人啦……」
「那……那麼在哥哥心目中，翔子小姐是什麼人？」
「……是什麼人呢？」
預料之外的邂逅至今約過了兩週。咲太做過各種推測卻完全無法解答「牧之原翔子」是誰。即使想解釋為只是同名同姓，兩人也長得太像了。既然同名同姓，就不可能是姊妹或親戚。至少翔子不認識咲太，所以咲太認為她應該不是兩年前遇見的牧之原翔子。即使如此，正在照顧貓的國一學生翔子依然和咲太兩年前見到的高二學生牧之原翔子長得很像，像到無法認定是兩個不同的人……

這麼一來，浮現的可能性只有一個。

某種思春期症候群造成的影響。在網路留言板成為話題，一般來說無法想像，怪力亂神的超自然現象，「突然有人從面前消失」或是「聽得到他人內心的聲音」之類的都市傳說。但咲太知道這不只是網路上的謠言，他今年至今已經經歷了兩起案例。其一是麻衣的事件，其二是學妹古賀朋繪的事件。

或許在翔子身上也發生了類似的現象。不過咲太不知道這是現在發生的事，還是兩年前發生的事……

「那個，咲太先生……」

咲太一邊思考一邊看著翔子的背影。翔子轉身時，兩人四目相對。

「嗯？」

「那個，對不起。」

「什麼事？」

「因為這孩子。」

幼貓正在吃貓食，翔子溫柔地撫摸牠的背。

「我說我想收養，卻遲遲不敢對爸媽說……」

那須野來到幼貓身旁。

「我一定會跟爸媽說，所以請再等一段時間。」

這就是在公園撿到的幼貓依然待在咲太家的原因。

「妳爸媽很嚴厲嗎？」

「對我很溫柔。」
「他們怕動物？」
「我想應該喜歡。去動物園的時候，他們和我一起看得很開心。」
「那麼是對貓過敏？」
「不。」
翔子說著搖搖頭。
「其實妳家開餐廳？」
也可能是衛生方面的問題，或是顧慮到客人會對貓過敏。
「我家很平凡，爸爸是上班族，媽媽是家庭主婦。」
「原來如此。」
繼續問似乎會變成質詢，所以咲太就此打住。
不過，翔子表情微微一沉。
「我覺得如果我說想要養貓，爸爸媽媽也絕對不會反對。」
她主動這麼說了。
這種說法挺耐人尋味，所以咲太當然在意原因，卻刻意不追問。如果可以明講，翔子肯定打從一開始就不會選擇這種說法。

「不過，因此，我說不出口……」

她再度說得令人一頭霧水。

「這樣啊。」

「對不起。你聽不太懂吧？」

「嗯，完全不懂。」

咲太照實回答之後，不知道翔子是覺得哪裡好笑，輕聲笑了出來。

「哎，暫時待在這裡沒關係的，畢竟那須野也很高興。」

那須野正在舔舐幼貓的臉。

「牧之原小妹也在這裡練習如何照顧貓吧。」

「好的。」

「對了，取好名字了嗎？」

「嗯，取好了。」

翔子笑逐顏開，點頭回應。

「……」

「……」

但她沒有繼續說下去。

「妳不願意告訴我啊。」

「咦？啊，對喔……那個，請不要笑我喔。」

「妳取的名字這麼好笑？」

「啊，不，我覺得很普通……我要叫牠『疾風』。」

幼貓看向翔子，疑惑般歪過腦袋。或許牠隱約知道兩人正在聊牠。

「牠白白的看起來很快，我覺得有種『疾風』的感覺。」

「不錯喔，和那須野是東北同鄉了。」

「東北同鄉？」

看來翔子不知道「那須野」與「疾風」都是東北新幹線的列車名稱。這種事不需要刻意說明，所以咲太回應「沒事」輕描淡寫帶過。

後來，翔子和貓咪玩了一陣子，但她察覺某件事而抬起頭。

「請問……」

她揚起視線看著咲太，稍微壓低聲音。

視線往側邊移動，瞥向咲太身後……從房間門縫觀察咲太與翔子的楓。

「楓小姐討厭我嗎？」

「那是楓對全體人類的標準反應，不用在意。」

「不，我會在意。」

翔子回以中肯的意見。聽她這麼說就覺得確實令人在意。

「楓，今天的功課做完了嗎？」

「楓有些地方不懂，想請哥哥教。」

「那就來這裡吧。」

楓抱著數學課本，戰戰兢兢地走出房間，接著立刻黏在咲太背後。

「在這種狀態下，我要怎麼教妳？」

「這裡。」

楓從身後將課本遞到咲太面前。是因數分解的問題。算式確實寫在答案欄，分解的問題以及整理式子的問題都解答得很好。

「我不懂妳哪裡不懂。」

「我不懂因數分解會在人生的哪一個階段大顯身手。」

「比方說妳想考某間高中，在那間高中的入學考就會大顯身手。」

這是在咲太的人生中，因數分解唯一大顯身手的地方。

「我懂了。」

楓一副認同的樣子，在課本寫下「在考試大顯身手！」的註記。她真的懂嗎？剛才那樣回答沒問題嗎？咲太覺得楓問的是更基本的問題，但咲太不可能答得出這種難題。咲太也想知道微積分派得上什麼用場。還有三角函數，這究竟是誰想出來的？正弦、餘弦、正切……

咲太思考這種事情時，感受到翔子的視線。

「怎麼了？」

咲太先這麼問。

「我也可以在這裡寫作業嗎？」

「暑假作業？」

「是的。」

「好啊，用這張桌子吧。」

咲太提議使用電視前面的桌子。

「謝謝。」

翔子客氣地鞠躬之後坐在地上，從托特包取出作業講義。看來翔子也要寫數學作業，是簡單的一次方程式計算題，總共約二十題。專心寫的話，大概十五分鐘可以寫完。

不過，面對講義題目握住自動鉛筆的翔子僵住了。第一題是「3χ＝9」。只要兩邊各除以三，得出「χ＝3」就好，翔子的手卻一動也不動。

就這樣經過一分鐘。

翔子的手終於動了，卻是伸進托特包拿出數學課本。打開的頁面當然是說明一次方程式的頁面。翔子閱讀課本內容，臉逐漸因為困惑而皺了起來。

「要教妳嗎？」

「……」

咲太一搭話，翔子就有些驚訝地抬頭。

「妳看起來陷入了苦戰。」

「沒……沒問題的，我想我會寫。」

翔子再度瞪著課本。

僵持約五分鐘後，著手寫講義的第一題。兩邊各除以三，得出「χ＝3」。

翔子揚起視線看向咲太，像是要確認。

「正確，寫得很好。」

所以咲太這麼說。

後來，翔子順利地逐一解題。看來學會一次方程式了，下筆幾乎不猶豫。不過正因如此，咲太覺得很奇怪。因為翔子看起來不像是回想起上課時教的內容，而是第一次看到這樣的題目，當場學會解法。

翔子就這樣順利解完所有題目。

「我說啊……」

翔子將講義收進托特包之後，筆直仰望咲太。她忠實遵守「聽人說話時要看著對方雙眼」的國小教誨。

「我可以問一個怪問題嗎？」

「那個……」

翔子略微提防。應該說，不知為何，她羞紅了臉頰。

「是色色的問題嗎？」

「不，不是。」

「這……這樣啊……」

咲太很在意她為何這麼認為，但現在離題可能會問不到重點，所以咲太決定趕快提問。

「牧之原小妹，妳有姊姊嗎？」

「沒有。」

「有沒有親戚長得很像妳？」

「不，我想應該沒有……」

含糊的語尾顯示她質疑咲太為何問這種問題。

「我曾經遇見和妳很像的人，但她的年紀比妳大……我猜可能是妳的姊姊或親戚。」

「我是獨生女。」
「這樣啊。」
「你說比我大是大幾歲？」
「嗯？」
「就是那位和我很像的人。」
「我兩年前遇到她的時候，她是高中二年級，所以今年升學之後是大學一年級……大概十九歲吧。」
「十九歲……」
翔子輕聲說。咲太不認為這個數字有什麼意義，卻覺得她說得暗藏玄機。大概是多心吧。
「怎麼了？」
「啊，沒事……我完全無法想像自己成為大學生，所以想說會是什麼樣子。」
她剛升上國中，自然難以想像吧。
「放心。高二的我也無法想像自己成為大學生。」
「我覺得咲太先生差不多該想像了。」
翔子有些客氣地提出正確的指摘。
「確實沒錯呢。」

後來兩人閒聊一陣子，翔子在快要十二點的時候起身。一如往常的時間。

「明天是那須野洗澡的日子，所以用那須野練習幫貓洗澡吧。」

咲太送她到一樓，在道別時如此約定。疾風還小，不擅長調節體溫，所以暫時不洗澡。

「那麼，疾風就麻煩你了。」

翔子低頭致意之後，微微揮手並踏出腳步。

「兩年前的那件事，今天也毫無進展嗎……」

咲太看著她逐漸離去的背影低語。

「找雙葉商量吧。」

咲太進入電梯之後自言自語。

2

咲太和翔子道別之後，比排班時間稍微提前出門。他沒有直接去打工的連鎖餐廳，而是進入站前家電量販店大樓。

穿過陳列最新智慧型手機的樓層，搭電扶梯上樓。看都不看影音設備樓層與生活家電樓層一

眼，專注地上樓。

抵達七樓，氣氛就大幅改變。這層樓與樓上的八樓是書店，種類豐富又齊全。寬敞的樓層井然有序地擺著書櫃，塞滿各種書。七樓販售專業書籍，客群年齡層偏高，氣氛穩重，甚至像是圖書館。

咲太在這層樓一邊檢視書櫃之間的走道一邊行走。

並不是要找哪本書。

翔子回去之後，咲太聯絡同學雙葉理央，想和她討論翔子的事。

「我在家電量販店樓上的書店，你過來吧。」

理央這麼說。

咲太到處都找不到理央。原本以為在物理學書籍陳列區，站在這一區的卻是綁起頭髮、身穿峰原高中制服的另一個女學生。

咲太不得已，只好繞了七樓一圈，還是沒找到理央。

「這時候有手機就方便了。」

無論是寄電子郵件、打電話，或是用免費通訊軟體傳簡訊，都可以即時確認對方位置。

咲太打算再找一圈，經過物理學書櫃的旁邊時……

「梓川。」

身後傳來這個聲音。

他停下腳步轉身。

「居然就這樣走過去，這是在故意整我嗎？」

剛才發現的身穿峰原高中夏季制服的女學生一臉不悅地看著咲太。仔細一看，她就是理央。

「雙葉？」

「看來夏天的太陽曬壞你的腦袋了。」

理央一副傻眼的樣子嘆氣。熟悉的制服。這裡終究是校外，所以她沒穿白袍。不過，咲太看到她兩次都直接走過去的原因不在服裝。

理央的髮型和平常不一樣。平常隨意披下的頭髮，現在是綁在腦後。從脖子到後頸，和日曬無緣的雪白肌膚毫不保留地展露出來。理央總是避免露出肌膚，所以光是這樣就莫名迷人。

「頭髮放下來很熱。」

察覺到咲太視線的理央不等他詢問就先告知理由。充滿理央風格的合理理由。

不過，咲太的疑問不只這一個。他接著注意到理央的眼睛。

「今天戴隱形眼鏡，所以沒戴一般眼鏡。」

這次她也搶在詢問之前回答。換個髮型加上沒戴眼鏡，理央給人的印象就截然不同。不過她平淡回答疑問的態度以及語氣，正是咲太熟悉的理央。

「為什麼穿制服？」

只有最後一個疑問得以說出口。至少以理央來說，她不可能為了以「女高中生」當賣點而在假日穿制服。

「等等要去學校。」

「如果要找國見，他會和我一起打工，所以不在學校喔。」

「只有一個社員的科學社要是沒留下實際活動的成果，就會立刻廢社。」

理央以忿恨的眼神瞪過來。

「所以，你找我有什麼事？」

「嗯，啊，就是……」

「又是之前那種麻煩事？」

理央興趣缺缺地從書櫃取出一本書翻閱。是和咲太無緣的量子力學書籍。

「可能是，也可能不是。」

「講得真籠統。」

「我遇見牧之原翔子了。」

咲太開門見山地說明來意。

「……」

理央聽到這個名字，沒闔上書本就看向咲太，眼神蘊含了驚訝之意。咲太之前就對理央說過牧之原翔子的事。咲太的初戀對象；咲太為了找她而報考峰原高中；但是她不在這所學校，別說畢業的痕跡，連就讀過的紀錄都沒有；以結果來說，咲太就這麼不明就裡地失戀了。理央知道這一切。

「原來她真實存在啊。」

正因如此，咲太能理解理央說出這種感想的心情。咲太自己也以為再也見不到她了，甚至已經快一年沒有夢到她。

「而且說來驚人，她變成國一學生了。」

「啊？」

理央驚呼出聲，手上的書差點滑落。

「兩年前見到她的時候，她是高二，但我在第一學期最後一天再度見到她的時候，她變成國一了。」

「梓川，你瘋了？」

「說來遺憾，並沒有。」

「既然這樣，就和計算不符了。」

兩年前是高二，所以如果順利升學，現在必須是大一才不奇怪。實際上卻倒退為國一。

「她記得你嗎？」

「不記得……應該說，感覺她不知道之前見過我。」

實際上，當時一相遇，她就說出「初次見面」這句問候。

「……」

理央面有難色地沉思。

「梓川。」

不久，她只將視線投過來。

「嗯？」

「應該是同名同姓，長得又很像的不同人吧？」

「這當然是最有可能的狀況。」

咲太也曾經這麼想過。雖然想過，但世界上有這種巧合嗎？

「聽說世界上會有三個人長得一模一樣喔。」

「這是老生常談的都市傳說吧？」

「是啊，老生常談的都市傳說。」

理央忽然移開視線。不經意的舉動雖然沒什麼好在意的，咲太卻莫名在意。因為他不認為這個話題足以撼動理央的情緒。依照往常的狀況，這應該是冷淡地一笑置之的場面。

「雙葉？」

「如果要說其他的可能性，這個女生會不會是牧之原翔子的妹妹基於某種苦衷而拿姊姊的名字來用？」

理央若無其事說下去，所以咲太放棄當場追問。

「會是什麼苦衷啊？」

這設定太複雜了。

「這你自己問她本人吧。」

「要是問太奇怪的問題，會被當成怪人。」

「我又沒損失，無所謂吧？」

「我的意思是我有所謂啦。」

「居然想對櫻島學姊以外的女生示好，真讓人意外。」

「話說在前面，我不會對國一女生抱持非分之想。」

「有沒有非分之想是你家的事。如果要舉出別的可能性，其實你在兩年前遇見的牧之原翔子是你從那個時間點看見的未來……大概是這種模式吧。」

「那個現象的原因不是我。」

模擬未來的現象是古賀朋繪造成的思春期症候群。古賀朋繪是就讀同一所學校，小咲太一屆

的學妹。蜜桃臀的可愛學妹。

「但我覺得一起體驗這個現象的你也可能是源頭，這個論點還沒完全被推翻。」

「就算這樣，如果真的是這個現象，就會輪到我的年齡不符吧？」

「沒錯。不過……目前沒實際造成危害吧？」

「哎，確實沒有。」

和麻衣或朋繪那時候相比，基本上這一點就不一樣。雖然還不知道是不是思春期症候群，不過現階段還沒造成任何不妙的狀況。

理央闔上書本放回原位，拿起另一本書。穿浴衣的兩個女生從她身旁經過。

聽她們在討論報告的事，應該是大學生吧。或許是來找參考資料。

咲太的視線追著兩人的背影。

「梓川，看太久了。」

理央犀利地指摘。

「那種衣服就是穿給別人看的吧？」

「至少應該不是穿給你看的。」

「看來今天有某個地方會放煙火。」

「茅崎是今天。」

「妳居然知道啊。」

「那裡有寫。」

理央以視線示意旁邊的牆壁，牆上貼著海報。從藤澤站搭東海道線的電車過兩站……面對相模灣的茅崎海岸將舉辦煙火大會。日期是八月二日，確實是今天。

「這麼說來，去年我們去過煙火大會呢。」

在八月二十日前後舉辦的江之島納涼煙火大會。

當天，咲太與佑真傍晚打工結束要回家時，從店長那裡得知煙火大會的消息。兩個大男人去看煙火很落寞，他們討論之後決定找理央。當時佑真還沒和上里沙希交往。

「是啊。」

理央冷淡地看著逐漸離去的浴衣女孩背影。

「記得當時的雙葉穿便服呢。」

「你也是。」

「當時我和國見都很期待耶。」

咲太從那時候就知道理央心儀佑真。應該說，記得是在那天察覺的。因為佑真仰望煙火時，理央一直斜眼偷看他。

「老老實實地穿浴衣過來不是很好嗎？」

「我為什麼要為了梓川你做這種麻煩事？」
「是為了穿給國見看喔。」
「……」
理央投以不悅的視線。
「反正那種衣服又不適合我。」
「是嗎？」
「是的。」
「啊，記得大胸部不適合穿浴衣？」
以理央的狀況，隔著制服也看得出她多麼豐滿。
「我不是這個意思。」
理央隨手拿書本防禦胸部。看來她不太喜歡被這樣看。
「不然是什麼意思？」
「沒必要回答你。」
「為什麼？」
「因為你明知原因卻要套我話。」
「如果妳認為老土的自己不適合那樣穿，那妳就大錯特錯了。」

「……」

理央的視線在詢問這番話的真意。

「我覺得妳維持現在的髮型穿上浴衣會很棒。」

高高綁起的頭髮應該很適合搭配浴衣。

「而且，妳曾經想穿吧？」

「……」

理央露骨地表露戒心。

「這是什麼意思？」

「聽妳的語氣，妳好像有浴衣。」

「你是基於什麼根據這麼認為？」

這個問題等同於肯定。

「如果沒浴衣，用不著說適不適合，妳會直接說妳沒有浴衣。直接說出最根本的理由才是妳的作風。」

理央說話總是依照理論與本質。

「……你在這方面真的很會耍小聰明呢。」

「不要由衷露出厭惡的表情啦。」

「辦不到。因為我由衷厭惡。」

「講得真過分。」

理央無視於咲太的苦笑，從書櫃取出《量子隱形傳態的未來》這本書。

「講完了吧？我要走了。」

她說完便走向收銀台。

「謝謝妳陪我商量。」咲太朝她的背影說了。

3

咲太和理央道別之後，打工時間快到了，所以他前往打工的連鎖餐廳。

「店長好。」

咲太向站在收銀台的店長打招呼，並且看向店內。傍晚這個時段的客人不多，只有一群喝茶的婆婆媽媽、K書的考生、打開筆電不曉得在忙什麼的西裝男性，店內洋溢悠閒的氣氛。

咲太沒停下腳步，直接走到後方的休息區。得趕快換裝打卡才行。

休息區有人先到了。已經換好服務生制服坐在折疊椅的人，是咲太屈指可數的朋友之一——國見佑真。

「喲。」

他輕輕舉手打招呼。

「你是不是曬得更黑了？」

上次見到佑真，是班表排在一起的三天前。佑真那時候就已經曬出顏色，如今變成恰到好處的小麥色。

「是嗎？不過，大概是前天去了海邊吧。」

「和女友一起去？」

「是啊，怎麼了？」

「唔哇～～你好煩耶。」

「什麼嘛。你也有個超級漂亮的女朋友吧？」

「那位麻衣小姐忙得不得了，這週都沒露面。」

「我昨天在電視上看到她喔。」

「放心，如果是電視上的她，我也是每天都在看。」

雖然不知道麻衣簽了幾支廣告，但她經常在廣告中登場。從冷飲到新上市的零食，包括咲太

熟悉的日用品，也活用美貌擔任化妝品與洗髮精的代言人，內容五花八門。

「總之，請節哀。」

咲太換好衣服，從置物櫃後方走出來時，佑真投以惡作劇的笑容。

咲太想抱怨他幾句的時候……

「店長好。」

通道傳來一個熟悉的聲音，不過接近過來的腳步聲有點陌生。清脆的聲音充滿夏日情調。

不久之後進入休息區的是古賀朋繪。原本只有兩個大男生的悶熱空間突然亮了起來。這都是因為朋繪身穿亮色系的浴衣，腳上是可愛的夾腳草鞋，手上提著金魚圖樣的布包。

「呃，學長！」

朋繪一看到咲太就做出抗拒的反應。

「妳來炫耀可愛的浴衣打扮？」

出勤表上沒有朋繪的名字，所以她今天肯定不用打工。

「我還沒預排下週的班，只是來補寫而已。」

朋繪從桌上的塑膠文件盒取出空白班表，一邊提防浴衣變形一邊坐在圓椅上，以原子筆寫下姓名以及接下來兩週的計畫。打工班表就像這樣每兩週繳交自己的預排表再排班。有些地方似乎全部以智慧型手機處理，所以沒手機的咲太很感謝這裡使用這種傳統方法。

「古賀學妹，妳的浴衣好可愛喔。」

佑真代替不發一語的咲太，以自然的語氣這麼說。

「咦？謝……謝謝。」

朋繪滿臉通紅，感覺有點慌張。她的視線朝咲太一瞥。

「古賀真適合穿浴衣呢。」

「學長，這樣是性騷擾。」

明明難得誇獎幾句，朋繪卻不高興地噘嘴。

「為什麼啊……」

明明率直地接受佑真的稱讚……咲太無法理解。

「因為，學長剛才是看著我的胸部說話吧？」

朋繪以提著布包的手擋在胸前。

「沒禮貌。我的稱讚也考量到腰部與臀部的平衡。」

「這樣更爛啦！反正我的胸部就是沒豐滿到可以壓在腰帶上啦！人家就是沒身材啦！」

她不知為何嚴重地鬧彆扭。

佑真看著兩人這樣的互動，忍不住笑出聲。

「你們的交情幾時變得這麼好了？」

「一……一點都不好！」

朋繪鼓起臉頰回答。

「發生了什麼事？」

佑真無視於她的反應，移動視線詢問咲太。

「我讓古賀變成大人了。」

「等……等一下，學長！你在說什麼吶！」

「這樣啊，原來古賀學妹已經是大人了。」

連佑真也笑著說出這種話。

「連國見學長都……」

朋繪一副遭到背叛的表情。

「我跟朋友約的時間到了，所以要走了。國見學長，我先告辭。」

朋繪即使氣沖沖的，依然好好鞠躬致意再轉身要離開休息區。咲太在後方叫住她。

「古賀。」

「嗯？什麼事？」

朋繪乖乖停下腳步。

「穿浴衣的女生回眸的樣子真棒耶。」

「居然因為這樣就叫住我，學長，你真的很噁心。」

朋繪瞇細雙眼，俏皮地發洩厭惡感。

「剛才是開玩笑的。」

「不然有什麼事？」

「我沒看到妳的內褲線條，想說妳是不是沒穿。」

「我穿了不會露出線條的款式啦！」

「也就是T字褲嗎？就因為妳叫古賀朋繪（Tomoe）？」

「我……我怎麼可能穿那種啦！啊～～不要想像啦！」

朋繪將雙手伸到身後想遮住屁股。

「死心吧，我早就想像過了。」

「話說在前面，我穿的是更大件的款式。四角的那種衛生褲。」

「唔哇～～夢想幻滅。早知道就不問了。」

「真是的，不要問這種害羞的事情又擅自失望啦，滿格火！我要走了！」

「啊，等一下。」

「學長，你好纏人。真的好煩。」

朋繪將戒心表露無遺，揚起視線看向咲太。

「小心別人搭訕喔。」

「咦？啊，嗯……謝謝。」

「因為妳很可愛。」

「別說我可愛啦！」

朋繪鼓起臉頰，露出鬧彆扭的表情。

「那我換個說法吧。妳超可愛的，所以要小心喔。」

「我和大家一起行動，不會有事。我快遲到了！」

這次朋繪真的離開休息區了。

再度只剩下咲太與佑真兩個大男生。

「我說咲太……」

「嗯？」

「『滿格火』是什麼意思？」

「天曉得？」

佑真站了起來，咲太也跟著起身打卡。

「古賀學妹偶爾會講一些陌生的字眼耶。」

「這個時代的女高中生都是這樣吧。」

朋繪把自己出身福岡的這件事當成祕密，所以咲太姑且幫忙掩飾。

這天的客人比平常還少，店內很清閒。或許住附近的人都去茅崎的煙火大會了。

八點過後，穿浴衣的一家人進入店內，一看就知道剛從煙火大會回來。身穿特攝英雄圖樣浴衣的四五歲男童雙眼半閉，大概是玩累了。除了這家人，也有身穿浴衣的散客光顧。

咲太為他們點餐之後，進入後場要補充飲料吧的吸管。他從架上拿起吸管盒，拿著盒子走出後場。

「喔，發現咲太。」

此時，他和臉上掛著笑容的佑真四目相對。

「五號桌點你的檯喔。」

「啊？」

「去了就知道。」

看佑真笑嘻嘻的表情，咲太推測應該不是壞事。既然指定服務的桌號，這個客人恐怕是衝著咲太來的。不過咲太想不到有誰會特地來店裡找他，頂多只有把他當成採訪對象的女播報員南条文香，不過這個人最近兩三個月都沒露面……

除此之外，唯一的可能就是麻衣，但咲太聽她說她明天才會從拍片地點京都回來。

「是誰啊？」
咲太如此心想，來到外場。
五號桌是位於店內深處的四人桌。隨著距離拉近，咲太看到客人的背影。對方身旁放著一個小型行李箱，是似乎會出現在老電影裡的復古設計。
咲太站到桌子旁邊，正在看菜單的這個人就抬起頭。看似強勢的堅毅眼神在看到咲太的瞬間透露些許笑意。
「麻衣小姐為什麼會在這裡？」
是的，坐在五號桌的客人正是和咲太交往的大一歲的學姊——櫻島麻衣。
身穿的便服給人些許成熟的印象，還上了淡妝。她本人或許自以為已經克制了，但是華麗的藝人光環閃閃發亮。
附近座位的其他客人當然不時瞥向麻衣。「是本人吧？」或「臉蛋好小」或「原來她會來連鎖餐廳啊」之類的樸實感想交相傳來。
「記得妳是明天回來吧？」
「那齣戲的資深演員很多，我也沒ＮＧ，所以提早收工了。」
「原來如此。然後妳想盡快見到我，所以趕回來了是吧？」
「沒錯。」

咲太稍微挑釁了一下，麻衣以惡作劇的笑容包容。

「飯店早就訂好了，所以我可以多住一晚，等到明天再悠哉回來。但我硬是要求經紀人幫我準備新幹線車票，開心嗎？」

「好開心喔～～」

咲太以機械式的語氣說出感想。

「……這是怎樣？」

麻衣投以不悅的目光，大概是不喜歡咲太的反應吧。咲太假裝沒發現，打開點餐機。

「決定要點什麼餐的話，請說。」

「……」

「請點餐。」

麻衣明顯不高興，咲太刻意以待客用的笑容反覆催促。

「你在鬧什麼彆扭啊？」

「我沒鬧彆扭。」

「明明就有啊。」

「妳覺得是因為誰？」

「這……那個……」

「哪個？」

「……對不起。」

麻衣停頓片刻之後，老實地道歉。

「滿腦子工作，把交往沒多久的男友扔著不管。我自覺是一個過分的女友。」

「我沒有想得這麼嚴重，不過……」

「不過？」

麻衣揚起的視線隱含不安。這張表情很珍貴，沒什麼機會在電視上看到，如今卻只給咲太一個人看。

「期待妳的賠禮。」

「我知道了。我會做相應的事補償。」

「色色的事情也可以？」

「只有一點點的話可以。」

「那我原諒妳。」

「不准得寸進尺。」

麻衣在桌子下面狠狠踩了咲太一腳，卻面不改色地說「請給我這個與這個」客氣地點餐。咲太將菜名輸入點餐機。

「麻衣小姐提早回來，我超開心的。」

他以只有麻衣聽得到的音量低語。

「笨蛋，這句話要先講啦。」

麻衣語氣不高興，臉上卻是愉快的笑容。

「打工到幾點？」

「再三十分鐘，所以我好想送麻衣小姐回家耶。」

現在是八點半，九點下班。

「真拿你沒辦法，我就算先吃完也等你吧。」

「那麼，我下班再通知妳。」

「既然這樣就別摸魚，快回去工作。」

「是妳叫我過來的吧？」

咲太抱怨之後回到後場，完成中斷的工作。

咲太在剩餘的三十分鐘勤快工作。多虧這樣，他得以準時在九點打卡下班。

「我先告辭了。」

咲太迅速換裝後來到外場一看，麻衣正在收銀檯結帳。要是再晚一點，麻衣大概會一個人回去吧。

兩人一起離開店裡。

「麻衣小姐，那個。」

來到外頭，咲太朝麻衣的行李箱伸出手。

「謝謝。」

咲太拖著麻衣交付的行李箱，和她並肩前進。

「她每天來？」

麻衣立刻這麼問。語氣平淡，輕鬆得像是在聊天氣。

「嗯？」

「牧之原翔子。」

「會來啊。」

「你明明清楚卻不反問。」

麻衣輕捏咲太的臉頰。

「妳會在意？」

「明明在你兩年前遇見的時候是高中二年級，現在卻是國中一年級，一般都會在意。」

斜眼仰望咲太的麻衣一臉「我怎麼可能對國一女生吃醋？」的傻眼表情。

「真希望麻衣小姐吃一下啊。」

「吃什麼？」

「當然是醋。」

「你有我這個女友，卻還對國一女生發情？」

「我被迫過著沒得約會的生活，要是麻衣小姐不給點美妙的獎賞，我或許會覺醒而邁向戀童癖之路。」

「我不是讓你拿行李了嗎？」

咲太轉身看向拉在身後的行李箱。

「裡面也有內衣喔。」

「我可以打開嗎？」

「話說在前面，都洗過了。」

「我有說過我喜歡穿過的內衣嗎？」

「不是嗎？」

說來遺憾，麻衣一臉深感意外的表情。

「我想看的不是內衣本身，是被我看到內衣而嬌羞的麻衣小姐啊。」

「只是被你看到內衣，我不會嬌羞的。」

「那麼，我可以看嗎？」

「別再講這個了，給我回到正題。」

「久違難得見面，我想多跟麻衣小姐打情罵俏。」

「晚點會讓你打罵個痛快。」

麻衣「唉～～」地嘆口氣。

「咦～～我想要現在啦～～」

「好好好，跟你牽手吧。」

「又不是情竇初開的國中情侶，以為這種程度就可以滿足我嗎？」

「啊，是喔。那就算了。」

麻衣很乾脆地縮回手。咲太沒說什麼，而是追著麻衣的手抓住她。

麻衣立刻又與咲太牽手。十指相扣。

「這樣比較好吧？」

「……」

「怎麼了，突然不吭聲？」

「我覺得麻衣小姐超可愛。」

「這種事，我早就知道了。」

即使語氣冷淡，麻衣依然從咲太身上移開視線，大概是有點害羞吧。

「所以呢？」

她就這麼看著前方，催促咲太回到正題。

當然是想知道翔子最近的狀況。

「每天都來照顧貓喔。」

「有哪裡不對勁嗎？」

「沒有。」

「查出什麼了嗎？」

「我今天找雙葉商量卻毫無結論。她斷定是同名同姓的不同人。」

「那當然吧，我也這麼認為……說起來，她和你兩年前遇見的女生這麼像嗎？」

「她比我印象中年輕，所以沒辦法斷言。不過如果她就這麼長大，應該就會是那樣吧。但我覺得個性差很多。」

大概是還沒熟識，感覺現在的翔子好像有點客氣。兩年前遇見的女高中生翔子完全不會給人這種感覺，很快就和咲太拉近距離。

「是喔……」

麻衣做出似懂非懂的含糊反應。麻衣不認識咲太兩年前遇見的翔子，光是聽這段說明應該沒什麼概念吧。

「雙葉說，這次不像麻衣小姐當時那樣造成實際危害，目前或許不用在意也沒關係。」

「你沒關係的話就沒關係吧。」

麻衣果然不太能接受。

她忽然「啊」地張嘴，停下腳步。

「麻衣小姐？」

「那個人，是不是雙葉學妹？」

麻衣視線朝向便利商店。提著購物袋走出來，看起來是高中生的女生確實是理央。明明白天遇見的時候穿制服，現在卻是T恤加長褲的輕便便服。頭髮也不再綁起來，一如往常隨意披下，也有戴眼鏡。

「那個傢伙在做什麼啊……」

仔細一看，她手提的購物袋是平底的便當專用袋。咲太察覺之後，一股突兀感迅速在內心膨脹。平常不可能夜遊的理央卻在晚間九點多的時段走向鬧區，這樣很奇怪。此外，理央住在小田急江之島線下一站的本鵠沼站，卻來到藤澤站買便當，這也令咲太覺得不對勁。

最讓咲太在意的，是理央很在意周圍的反應。她想要避人耳目，卻反而引人注目。

「麻衣小姐，方便繞個路嗎？」

「你想跟蹤？」

麻衣的語氣像是在責備，卻帶頭踏出腳步。

咲太與麻衣追著理央回頭走向車站，在七八層樓高的商業大樓前面停下腳步。他們看見理央進入這棟大樓。

仰望大樓，網咖招牌和銀行與居酒屋的招牌並排。其中銀行已經打烊，居酒屋的店員應該會阻止未成年學生進入。這麼一來，理央的去向自然受限。

不過即使是網咖，高中生肯定也只能待到晚上十點，現在進去也待不了多久。理央帶著便當進去，該不會想在網咖過夜吧？

「麻衣小姐，方便在這裡等我嗎？」

帶著藝人進入店內或許會造成無謂的混亂。

「我沒去過網咖。」

看來她興致勃勃想要一起進去。這下子就不可能說服她了。

咲太不得已，只好帶著麻衣搭電梯。

兩人搭電梯來到七樓。咲太等待自動門打開之後進入網咖。內部裝潢時尚，氣氛穩重，燈光偏暗。

「歡迎光臨。」

年約二十五歲的女店員講話音調也符合店裡的氣氛。咲太身後的麻衣像是來到新天地般觀察店內。

「請問要使用多久？」

這名女店員即使在意麻衣，依然如此詢問站在櫃檯的咲太。櫃檯擺著收費表，三小時、五小時以及包夜的長時間包台費用逐項排列。

咲太指向最上方的基本消費。

「麻煩這個就好。」

最初的三十分鐘兩百圓，之後再依照使用時間額外收費是最通用的包台方案。咲太只是要找理央，三十分鐘應該夠用。

咲太付款之後，連同麻衣的份收到兩張收據。

至於麻衣，她站在免費飲料區看著霜淇淋機。

「找到雙葉之後，妳要挑戰這個也沒問題喔。」

「錢呢？」

「只要付了基本費，這裡的飲料跟冰都免費。」

正確來說，應該是這些費用都包含在基本費裡頭。除了汽水、烏龍茶與柳橙汁，還擺著咖啡機與濃縮咖啡機，陣容比起連鎖餐廳毫不遜色，甚至還有霜淇淋，或許這邊反而比較齊全。

咲太先假裝要進入包廂，信步走到店內深處。樓層中央塞滿高高的書櫃，擺滿各種漫畫。標示號碼的包廂門一扇接著一扇，團團圍住書櫃。

別說理央，也沒有其他客人的身影。看來大家都窩在包廂，只有敲鍵聲偶爾傳入耳中，這樣無從得知理央在哪裡。

咲太原本想問店員，但店員終究不會透露其他客人的情報吧。

「既然記得她的手機號碼，打電話看看吧？」

身後的麻衣說聲「拿去」，遞出裝上兔耳保護殼的智慧型手機。咲太接過手機，視線集中在麻衣的另一隻手。

麻衣拿著一個矮紙杯，裡面裝滿描繪漂亮螺旋的霜淇淋。明明剛才說「找到雙葉之後」，她卻完全沒聽進去。不愧是麻衣。

麻衣以塑膠湯匙舀起霜淇淋，送到咲太嘴巴前面。

「來，啊～～」

「啊～～」

咲太遵照麻衣的催促張嘴。原本以為是陷阱，但麻衣真的餵他吃了。

「好吃嗎？」

「好吃。」

麻衣隨即滿意地微笑，再度以湯匙舀起霜淇淋要餵咲太。

「麻衣小姐不是自己想吃才擠霜淇淋嗎？」

「我剛才吃過飯，不餓。」

「這樣啊。」

「怎麼了？不願意的話要自己吃嗎？」

看來麻衣已經決定咲太必須吃完。既然這樣，當然是給麻衣餵比較好。

咲太默默張嘴，麻衣隨即硬是以湯匙舀起剩下的霜淇淋塞進去。

腦袋像是吃刨冰般疼痛。麻衣見狀說聲「真拿你沒辦法」，回到飲料區泡濃縮咖啡。

「謝謝。」

「不用客氣。」

休息片刻。

咲太喝光咖啡，扔掉空紙杯，將咖啡杯放到回收區，然後以麻衣借他的智慧型手機撥打理央的手機號碼。

第二聲鈴聲響到一半，電話接通了。

『喂？』

理央的聲音隱含戒心，大概因為是陌生號碼來電吧。

「是我。」

『梓川你為什麼是用手機打電話給我？』

「向麻衣小姐借的。」

『要曬恩愛的話找別人吧。』

聲音夾帶嘆息。是一如往常，咲太熟悉的理央反應。過於自然，感覺不到她就在附近。

『所以，有什麼事？難道又是麻煩事？』

「在妳的心目中，我和麻煩事劃上等號？」

『沒錯，你的存在就是麻煩。』

「我說啊……」

咲太想試著反駁，卻感覺身後的包廂門開啟。

「……咲太，你看。」

麻衣輕戳咲太的肩膀。

咲太不經意轉身一看，剛好和走出包廂的客人四目相對。這一瞬間，不對勁的感覺逐漸充滿全身。

走出包廂的人是理央——咲太正在找的人，正在講電話的對象。

不過，現在走出包廂的理央雙手空空，沒拿手機，當然也不是戴著無線耳機。

咲太耳朵深處開始躁動。

『梓川，怎麼了？』

手機現在依然傳來理央的聲音。

不過，咲太眼前的理央只有略微驚訝地看著咲太，嘴完全沒動。

「啊，抱歉，雙葉，手機好像快沒電了，我明天再聯絡妳。」

『啊，是喔。既然不急，那我也沒差。』

「再見。」

手機離開耳朵之後，觸碰畫面結束通話。視線離開手機抬頭一看，再度和理央四目相對。

下一秒，理央回到包廂。

「啊，等一下！」

制止的聲音沒傳達，門用力關上。

咲太移動到理央逃進去的包廂前面，輕輕敲門。

「雙葉？」

「……」

沒回應。

「這種狀況不可能假裝沒人吧？」

咲太說完，傳來「喀」的解鎖聲。門緩緩開啟。

現身的是理央。貨真價實是咲太熟悉的雙葉理央。側邊附有大口袋的寬鬆長褲，同樣寬鬆的T恤，底下穿了一件條紋挖背背心。

「你打電話給我？」

理央搶先問這個奇怪的問題，不過以這個狀況來說，這麼問是對的。咲太也想問這件事。

「嗯。」

「那麼，應該沒辦法掩飾了。」

理央緊繃的表情像是死心般放鬆。

理央說「到外面講吧」，所以咲太把自己與麻衣的收據交給櫃檯的女店員，離開網咖。

搭電梯下樓的理央在JR車站和江之電藤澤站的連通道一角停下腳步。

「我有兩個我。」

接著，她以平淡的語氣說出驚人的話語。

理央雙手放在連通道的扶手上，心不在焉地看著對面通道來往的人潮。

「這是什麼意思？」
「字面上的意思。從三天前開始，這個世界有兩個雙葉理央。」
「……」
咲太知道她語無倫次。雖然知道，大腦卻像是抗拒理解般沒有運作。他剛才打電話的對象無疑是理央，是咲太熟悉的雙葉理央。
而且除了那個理央，他眼前還有另一個理央。雙葉理央。
「所以是思春期症候群？」
麻衣脫口說出這句話。
「……」
理央轉過身來，以眼神示意「我不想承認就是了」。
「心裡有底嗎？」
「有的話，我早就想辦法應對了。」
「哎，說得也是。」
說著說著，咲太腦海浮現一個疑問。隨意披下的頭髮、熟悉的眼鏡。他白天見過另一種打扮的理央。
「我白天見到的是另一個？」

「我今天沒見過你，所以應該是這麼回事吧。」

「這樣啊……」

「那個『冒牌貨』讓我很頭痛。多虧她待在家裡生活，害我有家歸不得。要是被爸媽知道，在各方面都會很麻煩。」

「也對。」

他們恐怕無法理解女兒為何變成兩個。

「不只如此，『冒牌貨』還熱衷於社團活動，好像也會上學。」

「記得白天見面的時候，另一個妳穿制服，還說等等要去社團活動。」

「聽你這麼說，我待在外面更危險了。要是認識的人目擊我就不太方便，看來得暫時躲起來才行。」

「所以跑來網咖？地點好歹挑一下吧……」

「我手頭沒有寬裕到可以住旅館。畢竟不知道會持續多久。」

理央補充說道。

「妳這呆子。」

「居然被你叫呆子，真是屈辱。」

「怎麼不早點聯絡我呢？」

「……」

理央臉上的苦笑消失，大概是察覺咲太真的在生氣。

「給我仔細想想。妳是女高中生吧？居然連日住在網咖，妳瘋了嗎？」

雖然包廂可以上鎖，但這種環境無法保障安全。如果是男生，咲太就懶得理會，但是女生在這種地方待久了，要是出了什麼事可能會無法挽回。

有些男人也會鎖定類似離家出走的少女接近。雖然是基於棘手的理由，但理央這麼做也過於魯莽。

何況，店家遲早也會察覺理央是高中生，她應該無法一直待在這裡。要是警察接獲通報聯絡家人就完了。

「……」

理央低著頭不發一語，大概是在反省。

「我說啊，雙葉……好痛！」

咲太正要說下去時，麻衣從旁邊輕戳他的腦袋。

「麻衣小姐，我知道冷落您害您很無聊，但我在講重要的事……嗚，好痛好痛！」

這次是耳朵被用力扯。

「不可能這麼輕易就聯絡你吧？」

麻衣以眼神示意咲太什麼都不懂。

「你什麼都不懂。」

還口頭明講了。

「那個……不懂什麼？」

「假設雙葉學妹聯絡你，你知道狀況之後會怎麼做？」

「當然是讓她住我家。」

「你不也是男生嗎？」

「哎，是沒錯啦……」

「我想，雙葉學妹早就知道你的個性，你認為她敢以借住為前提聯絡男生嗎？」

「老實說，我不這麼認為。」

咲太老實回答，麻衣隨即嘆了長長的一口氣。

「所以我才說男生啊……」

「對不起。」

「所以我才說你喔……」

「慢著，可是雙葉是我的朋友啊，我絕對不會想對她亂來。」

「是喔～～就算剛出浴的女高中生待在你房間，你也不會想入非非？」

「會。」

「不准立刻回答這個最失敗的選項。」

麻衣輕戳咲太的額頭。

「想像女高中生只圍一條浴巾的樣子，我當然會心癢癢啊。」

「我沒叫你想像吧？」

麻衣面帶微笑，眼神卻沒在笑。

「……」

理央則是以蘊含厭惡感的視線看向咲太。

「我想像的對象當然是麻衣小姐啊。」

「那就沒問題了。」

「這樣就沒問題啊……」

麻衣不理會咲太，轉身面向理央。

「既然祕密洩漏了，就老實地拜託咲太吧？」

麻衣沒有在逼迫也不是溫柔對待，而是擺出平淡成熟的態度。明明只差一學年，這時候的麻衣卻具備長輩的穩重。

「在這時候逞強，只會被咲太覺得妳很幼稚哦。」

不知道是不是因為不喜歡這樣，理央輕輕嘆氣之後面向咲太。

「梓川。」

「沒問題喔。」

「我什麼都還沒說。」

大概是情緒放鬆了，理央不經意地微笑。

「就是這樣，所以麻衣小姐……」

「什麼事？」

「雙葉今天起會住在我家，沒問題吧？」

咲太如此詢問麻衣，只是做個以防萬一的確認。

「不行。」

但麻衣如此回答。

「啊？」

完全搞不懂。她剛才不是主動安排理央住進咲太家嗎？不是委婉阻止理央逃避嗎？

「你為什麼嚇一跳？」

「我才要問麻衣小姐，為什麼不行？」

咲太真的搞不懂。

「你是說真的？」

麻衣露出像是看著笨蛋的眼神。不對，不需要「像是」這兩個字。露出看著笨蛋的眼神。

「那我問你……如果有男的朋友要住我家，你會答應嗎？」

「我連想像都不願意。非常不願意。」

「對吧？」

「是的，非常抱歉。」

但是這麼一來，理央該怎麼辦？咲太雙手抱胸思考。

「所以，我也一起住。」

麻衣就像在嘲笑這樣的咲太，進一步如此告知。

「啊？」

「好啦，去拿雙葉學妹的行李吧。」

麻衣不等咲太回應就轉身朝網咖走回去。咲太與理央對看之後，並肩追在她身後。

「出乎意料相處得很好呢。」

理央斜眼一瞥這麼說。

「不要用像是看著妻管嚴的眼神看我。」

「不愧是梓川，真清楚呢。」

「男友甘願被女友管，感情會進展得比較順利喔。」
「你就是因為這種嘴硬不服輸的個性才會變成豬頭少年。」
「如果是麻衣小姐，我當然願意一輩子被管得死死的。」
「……」
咲太感受著理央瞧不起人的視線，跟在麻衣身後前進。

4

咲太回家之後，首先對睡眼惺忪出來迎接的楓說明狀況。適度隱瞞思春期症候群的事，讓她接受麻衣與理央住進來。
「哥哥又帶新的女人回家了……」
「講得真難聽耶。」
「可……可是楓是妹妹，所以即使是這樣的哥哥，也會下定決心接納的。」
楓剛開始會緊張，卻意外地早早對理央放下戒心。應該是理央客氣穩重的態度令她安心。此外，麻衣數度來到家裡使她逐漸習慣也是一大原因。

說服楓之後，接著討論洗澡順序。楓已經洗完了，所以是討論咲太、麻衣與理央的順序。

咲太純粹基於一番好意禮讓，麻衣與理央卻回以厭惡的反應。

「我最後洗。」

「好像會懷孕。」

「麻衣小姐，請問這是什麼原理？」

「我回家一趟放行李，也會洗完澡再過來。而且我也想準備換洗衣物。」

麻衣單方面告知之後離開。

「所以，你先洗吧。」

「原來如此。雙葉認為我是變態，會因為女高中生泡過的洗澡水而興奮。」

咲太覺得沒必要刻意抗拒，所以先去洗澡。

大約十分鐘洗完之後，輪到像是暫時寄養的貓一樣乖乖坐在客廳的理央洗。

不久，咲太察覺忘記幫理央準備毛巾。他拿著洗淨摺好的毛巾進入更衣間。

理央已經在浴室了，隔著一扇門傳來蒸氣的熱度。

「雙葉。」

咲太一叫，門後傳來響亮的水聲。

「什……什麼事？」

難得聽到理央聲音慌張，明顯變調了。她似乎嚇一跳而逃進浴缸，大概以為咲太會開門吧。她一點都不相信咲太。

「毛巾，我放在這裡喔。」

「嗯。」

「妳有換洗衣物嗎？」

從網咖回收的理央的行李只有一個大托特包。

「有啊。」

「如果沒有，我可以借妳兔女郎裝或是熊貓睡衣。」

「我剛才說有。」

理央終究不肯穿兔女郎裝吧，不過楓有好幾套備用睡衣，真希望她穿穿看。

「妳剛剛穿的衣服，我可以拿去洗吧？」

洗衣機裡放著咲太與楓要洗的衣物。咲太將理央剛才穿的T恤也扔進去，啟動洗衣機。

洗衣機注入水流，開始熱衷工作。

「衣服我自己洗……這個聲音，你已經洗了？」

「正在注水。」

「內……內衣呢？」

「嗯？原來妳是不願意自己的衣服和爸爸的內褲一起洗的類型啊？」

很遺憾，咲太的內褲也在洗衣機裡。

「我……我是在問內衣啦！」

「好好地手洗就可以吧？我知道的。」

洗衣籃裡是理央剛才穿的整套內衣褲。咲太朝看起來很柔軟的淡黃色薄布料伸出手。

「根本不知道！梓川你不准看！不准碰！給我滾出去！」

「這裡是我家。」

「我的意思是滾出更衣間！」

「先不提這個，沒問題嗎？」

「只要你從那裡消失就沒問題。」

「嘿咻……」

咲太放棄洗理央的內衣褲，背靠洗衣機坐下。

「你為什麼在浴室外面放鬆了？」

「我剛才問的『沒問題嗎？』是問思春期症候群的事。」

理央肯定也明白吧。

「……」

她以沉默回應就是證明。

「……我不太清楚。」

片刻之後，傳入咲太耳中的是沒什麼自信的聲音，感覺有所顧慮。

「只有這樣？」

「你想要我說什麼？」

「沒什麼，只是想聽聽妳老實的感想。」

即使咲太不是當事人，他內心依然不平靜。理央處於這種狀況，不可能毫無感覺。

「……有一點怕。」

浴室裡傳來理央換姿勢的聲音。

「只有一點？」

「一個人待在網咖的時候，我好怕。」

理央的聲音在顫抖，大概是回想起當時的心情。

有另一個自己。

理央處於無人經歷過的恐懼之中，害怕是理所當然。

「不過，這種事有可能發生嗎？同一個人居然有兩個個體……」

咲太記得小學時代紅極一時的都市傳說就有這種內容。和自己長得一模一樣的生靈；遇見這樣的生靈就會死掉。這是最像都市傳說的都市傳說。

在現在的狀況，無法對這個傳說一笑置之。

「如果量子隱形傳態在宏觀世界成立，或許就有可能。」

「我一聽到『量子』，臉部肌肉就會緊繃。」

「聽到『隱形傳態』呢？」

「那是科幻電影的玩意吧？」

「並非如此喔，是現實的玩意。」

「真的假的？」

對咲太來說，「隱形傳態」完全是虛構世界的用語。

「記得之前聊過『量子纏結』吧？」

「嗯，記得是相隔一段距離的兩個量子會同步？」

依照咲太的記憶，處於這種狀態的兩個量子可以在瞬間共享情報。

「沒錯。要是套用在這次的事件簡單說明……假設有一張設計圖，記載了建構我這個人的所有情報。」

「這叫做簡單說明？」

咲太光是站在起點，臉頰就快要抽搐。

「假設可以利用量子纏結，將這些情報瞬間移動到遠方。」

「也就是妳明明在我家浴室，妳的情報卻跑到學校了。我可以這樣想像嗎？」

「就這樣想像吧。建構在學校的我這個人的情報被某人觀測，從機率性的存在變成你所認知的雙葉理央。」

「這就是觀測理論吧？」

「你居然記得呢。」

「因為我聽妳說過很多次。」

在量子世界，物質的位置是經由觀測確定。在這之前只以機率的形態存在……本應如此。

不過，咲太只懂表面上的意思，完全不想好好理解。不只如此，這次甚至進展為學名叫做「隱形傳態」的瞬間移動。到了這個地步，感覺就像是聽別人說「魔法是真實存在的」。

「不過，依妳現在的說法，應該不可能同時存在兩個妳吧？」

既然叫做「量子隱形傳態」，肯定和複製不一樣。

「是沒錯……我明明沒說明，你居然懂呢。」

「觀測之後就不是機率性的存在，所以不可能同時出現在兩個地方吧？妳在我家浴室的時候不會出現在學校。是這個意思對吧？」

「我好驚訝，你真的懂耶。」

「因為我有一個好老師。」

「不過，你說得沒錯。其實我沒看過另一個我。」

「咦？」

「所以，如果你問我是否同時存在於兩地，我沒辦法斷然肯定。不過，另一個我以某種形式存在，並且在其他地方進行不同的行動，我認為只有這一點沒錯。因為我檢查房間狀況以及手機操作紀錄，發現了我沒印象的變化與痕跡。」

「既然這樣，只要我持續觀測妳，另一個妳就無法存在？」

「如果塑造我的這個觀測者是你，或許是這樣沒錯。正確來說……應該形容為『只要觀測者正在觀測其中一人，就無法觀測另一人』。」

「嗯？我聽不太懂。」

「這是考量到有複數視角的狀況。假設在現在這個狀況……剛才回家的櫻島學姊在外面遇見『冒牌貨』的我。」

「嗯。」

「要是櫻島學姊和『冒牌貨』一起回到這裡，我與你眼中的世界，或許不會有櫻島學姊帶來的『冒牌貨』。反過來說，櫻島學姊眼中的世界或許沒有我。」

「……真是不得了呢。」

說起來真是奇妙得不得了。

「是啊。在這個狀態下，你與櫻島學姊見到的世界會矛盾不一致。」

「不過，剛剛在網咖遇見妳的時候，我打手機給另一個妳。當時在我眼前的，是現在在這裡的妳吧？」

「你講電話的對象真的是我嗎？」

這個問題暗藏玄機。

「就是妳啊。」

「你確定？」

「聽妳這麼說，我就發現我並非親眼看到。」

「換言之，這是處於『幾乎等於我卻沒能證實』的狀態。也就是說，接電話的『我』具備不確定的要素。」

「所以可以同時存在？」

「這畢竟只是臆測，是一種可能性。不過我之所以沒遇見『冒牌貨』，或許也只是巧合，不能斷言別人不可能同時看到兩個我。」

「這麼一來，妳果然不能貿然外出呢。」

要是峰原高中的學生看見兩個理央，在各方面都不太方便，有時候也需要說明吧。是否能以雙胞胎為理由敷衍過去也很難說。
「啊，不過關於妳說的『量子隱形傳態』，如果建構妳的情報相同，那麼無論是哪一邊接受觀測取得實體，都具備相同的意識與記憶吧？」
觀測只會特定位置，基本使用的情報應該都是「雙葉理央」。要是兩者各自具備意識與記憶分開行動，不就變成有兩個人自稱是「雙葉理央」嗎？
「接下來真的只是假設……」
理央有些吞吞吐吐。一沉默下來，洗衣機的運轉聲就特別明顯。
「雙葉？」
咲太輕聲催促她說下去。
「這次，或許是因為我……『雙葉理央』的觀測者就是我自己，而且我這個觀測者的意識基於某些原因變成兩個，才會變成現在這種狀態。」
「意思是有兩個人格？」
「但我覺得沒有區隔得這麼明顯。」
「假設真的是這樣……起因又是什麼？」
「我不是說過心裡沒底了嗎？」
「比方說遭受什麼強烈的打擊，或是承受不了沉重的壓力？」

「你講得真順耶。但我也聽說這樣會造成意識或記憶出現障礙。」

咲太體驗過這種狀況。那是兩年前的往事。當時楓遭受霸凌，咲太親眼目睹強烈的壓力對人體造成負面影響。

「總之，之前發生過一些事。」

「……令堂的事？」

理央的語氣像是在猶豫是否該問。咲太對理央說過他的母親因為楓的霸凌事件而精神衰弱，進而住院。

「就是這麼回事。」

「對不起。」

「沒關係啦。說起來，這話題是我先提的。」

「嗯……所以啊，梓川。」

「嗯？」

「我差不多想出去了。快泡暈了。」

「我知道了。」

咲太就這麼坐在洗衣機前面回應。

「我的意思是叫你滾出去。」

理央的語氣不太耐煩。聲音在浴室迴盪，不悅的程度聽起來增加兩成。咲太乖乖起身。

「我出去了，妳可以一直待在我家喔。」

「……那個，對不起。」

「別在意。」

沒有老實地道謝真像理央的風格……如此心想的咲太走出更衣間，並且確實關緊門。

此時，門鈴響了。看來麻衣回來了。

「來了來了，我現在開門～～」

理央也洗完澡之後，眾人討論起誰要睡哪裡。

咲太與楓居住的這個家是兩房兩廳，只有咲太的房間以及楓的房間有床。家裡姑且有一組供客人使用的寢具，所以能提供良好的睡眠環境給三個人。

「那麼，我覺得讓麻衣小姐與雙葉小姐用哥哥的房間，哥哥來楓的房間一起睡就好。」

「駁回。」

咲太隨口否決楓的提議。以結果來說，楓睡在自己房間，咲太房間鋪上客人用的被褥給麻衣與理央睡，咲太在客廳睡地板。這是妥善的結論……應該說打從一開始就只有這個選擇。

「晚安。」

咲太關上兩個房間的門，然後關掉客廳電燈，躺在電視前方的空間。

天花板的LED吸頂燈留下朦朧的白光。在寧靜的空間裡，冰箱壓縮機的聲音特別明顯。

即使閉上眼睛也沒能立刻入睡。

靜靜躺了一段時間，傳來房門打開的聲音。從聲音傳來的方向推測，是咲太的房間。

以為要去上廁所的腳步聲逐漸接近客廳，最後在咲太身旁停下腳步。

而且，感覺對方當場躺下。

理央絕對不會做這種事，所以應該是麻衣。如此心想的咲太睜開雙眼。

正如預料，側躺的咲太面前是麻衣美麗的臉蛋。即使光線微弱，輪廓依然清晰可見，也看得出她似乎很開心。

「麻衣小姐。」

「嗯？」

聲音聽起來也很愉快。

「妳在做什麼？」

「看你的臉。」

「哎，是沒錯啦……」

「看男友的臉。」

「……」
剛才那句話有點犯規。咲太心臟跳得好用力，看來更睡不著了。
「你剛才臉紅心跳了對吧？」
麻衣露出捉弄般的眼神。
「麻衣小姐，妳很開心？」
「久違終於可以好好見男友，又住在男友家，當然開心吧？」
不只是做作，還有點胡鬧的笨拙演技，眼神蘊含某種不滿情緒。咲太察覺這一點的瞬間，麻衣伸手捏了他的鼻子。
「雙葉呢？」
咲太以鼻塞的聲音詢問。
「睡得很熟。大概是這幾天都沒辦法安心睡覺吧。」
「這樣啊。」
女生連日住在網咖，動不動就會精神衰弱吧。尤其理央似乎在這方面相當神經質。
「比起就在眼前的我，你更在意雙葉學妹啊。」
「其實是因為麻衣小姐看起來心情不好，所以我覺得講正經話題比較安全……」
看來這也是地雷。

「唉～～我明天整天休假，原本想陪你約會的耶……」

麻衣撇頭這麼說，手指也放開咲太的鼻子。

「妳就是為此提早一天回來啊。」

「……」

麻衣沒肯定也沒否定。不過她隱約以不滿的眼神看向咲太，所以應該猜對了。

「可是，為什麼講得好像已經不能約會了？」

「你會去調查雙葉學妹的事吧？」

麻衣毫不猶豫地說中咲太的想法。

「我覺得『冒牌貨』明天也會在學校進行科學社的活動，總之想去看看。」

隱瞞也沒用，於是咲太乖乖坦承。首先，他想重新確認雙葉理央是否有兩人。

「我就說吧，果然。」

「所以，我想拜託麻衣小姐一件事。」

「不要。」

咲太還沒說完，麻衣就插話拒絕。

「反正一定是在你去找『冒牌雙葉』的時候，要我監視『正牌雙葉』在做什麼吧？」

「不愧是麻衣小姐，真懂我。」

最快的方法是將真正的理央帶到學校，和「冒牌貨」擺在一起。不過這麼做有風險，要是被別人目擊這個場面就糟了，會造成恐慌。

或許無法同時確認兩者的存在。這是理央的假設。

此外，生靈的都市傳說有點令人在意。感覺稍微釐清狀況再讓兩人見面比較好。

「不准高興。」

麻衣捏住咲太的臉頰。

「好痛好痛～～」

「不准開心。」

「就是這樣，拜託麻衣小姐了。」

「……」

麻衣不再說話，手指也放開咲太的臉頰。

「那麼，賠禮就用這個扯平喔。」

「是指麻衣小姐這段日子冷落我的賠禮？」

「沒錯。」

「咦～～」

「這是當然的吧？」

「這次的事件，我會完成麻衣小姐任何一個願望作為答謝，所以我希望該賠禮就要賠禮。」

「我現在就在陪你睡了。」

「我想要那種……像是小鳥叫聲的行為。」

「……」

麻衣露出打從心底感到傻眼的表情。

「咦，妳聽不懂？」

當然不可能。麻衣就是因為聽懂才傻眼。小鳥的叫聲是「啾」，換句話說就是接吻。

「用不著拿賠禮當理由，只要選對時間、地點與氣氛，你也可以主動喔。」

麻衣講到一半臉上都還掛著惡作劇的笑容，卻在講完的同時嬌羞地移開目光。

「麻衣小姐？」

「什……什麼事啊？」

麻衣揚起視線，逞強般看向咲太。

這可以解釋為「ＯＫ」嗎？應該可以吧？假設不行，也只會挨麻衣一頓罵，這對咲太來說也是一種獎賞，所以咲太沒理由猶豫。

「……」

「……」

四目相對。

一秒、兩秒……三秒後，麻衣睫毛顫抖，靜靜閉上雙眼。

咲太探出上半身要吻麻衣，麻衣在同一時間害羞地收起下巴，導致嘴唇還沒碰到，額頭就先相撞了，甚至還發出「叩」的聲音。

「好痛。」

麻衣一臉不悅地瞪過來。

「都是因為麻衣小姐害羞得低頭。」

「是……是你太猴急啦！」

麻衣一邊抱怨一邊撐起上半身。

「麻衣小姐？」

「今天到此為止。」

麻衣如此告知時，雖然光線昏暗看不清楚，但側臉似乎染上一抹紅暈。

「咦～～」

走到這一步卻打退堂鼓是一種煎熬。

「還不是因為你技術太差了。」

「唔哇～～這樣很傷人耶。我可能會失去男人的自信，罹患女性恐懼症。」

「不會變成那樣的。」
麻衣頗為堅決地否定。
「為什麼？」
「因為我會陪你練習到技術變好。」
「……麻衣小姐。」
「怎麼了，不願意？」
「我超喜歡妳。」
「我知道。」
語氣聽起來嫌煩，但轉過身來的麻衣嘴角掛著笑容。
「那麼，晚安。」
麻衣說完站了起來。
「好的，晚安。」
麻衣輕輕揮手之後回到咲太的房間。咲太聽到房門關上的聲音之後閉上雙眼。
雖然這麼說，但咲太感覺無法立刻入睡。麻衣剛才做那種事、講那種話，要求情緒別亢奮是強人所難。
而且除此之外，還有另一個要素令咲太心情煩躁。

理央的事掠過腦海。白天陪同商量的理央；在咲太房間熟睡的理央；似乎有兩人的理央。

現在正在咲太房間熟睡的理央稱呼另一個自己是「冒牌貨」。要是能夠接受這個說法，心情或許就不會煩躁。

關於這一點，咲太有另一個感想。

——只覺得兩者都是雙葉理央。

如果其中一邊是冒牌貨，只要除掉就好。但咲太覺得事情沒這麼單純，這就是內心煩躁的真正原因。

不過，如果兩者都是真貨，那麼「有兩個雙葉理央」的現狀就會造成困擾。無論是家庭、學校，恐怕還包括社會，都沒有準備好接納兩個雙葉理央。咲太覺得自己親身感受到這個現實。

所以，咲太內心持續煩躁。

「啊～～混帳。在這種時候，最好的解藥就是回憶麻衣小姐的兔女郎打扮啊。」

第二章

青春是矛盾集合體

1

看海。

兩年前的自己坐在通往沙灘的階梯，心不在焉地看著海。

在反覆上演的夢境中回憶的景色。七里濱的海。

所以，這肯定也是夢。咲太在睡眠之中也如此自覺。

他也知道接下來的進展。

翔子肯定快來了。

「咲太小弟今天的心情也處於低潮呢。」

翔子踩著輕快腳步現身，坐在咲太身旁。

「翔子小姐今天也有點煩人呢。」

「少年即使每天來海邊，也沒能治癒荒廢的心嗎？」

「知道自己和水平線的距離是一大敗筆。」

以為在遙遠的另一頭，實際上距離卻只不過四公里左右。即使看似遙遠，或許也意外地近。

翔子大概是傳授這個教誨吧。

「哎呀呀，我覺得自己有責任耶。該怎麼做，咲太小弟才會恢復活力呢？如果是我做得到的事，我會幫忙哦。」

翔子從旁看向咲太的臉，柔順的頭髮隨著這動作絲絲滑落。微微傾首的這個舉止非常可愛。

「如果翔子小姐肯讓我摸胸部，我想我就會打起精神。」

咲太不負責任地如此回應。

「這樣真的就會恢復活力？」

疑惑的視線。

「會。」

「可是，我……沒有很大耶。」

翔子揚起視線這麼問。

「……」

咲太定睛注視，翔子隨即臉紅。

「如……如果只摸一下下……」

「我剛才是開玩笑的，請不要當真。」

這樣下去，她可能真的願意讓咲太摸，所以咲太主動退讓。

「這種事，我當然知道。」

「真的嗎～～？」

「但如果真的可以恢復活力，我可以考慮一下。」

翔子擺出大姊姊的架子，露出惡作劇的笑容。

「請不要憑著這種大小就囂張起來。」

「真敢說耶。」

翔子迅速起身，繞到咲太身後。

「嘿！」

翔子輕聲一喊，壓在咲太身上，雙手從咲太的肩頭環抱他。翔子的胸部當然緊貼在咲太背上，多虧這樣，咲太的注意力全部集中在背上。

「翔子小姐。」

「什麼事？」

「對吧？對吧？」

「妳比想像中還有料耶。」

滿意的聲音傳到耳際。

「不過終究是比較級。」

「心臟明明跳得這麼快，真不可愛耶。」

「彼此彼此。」

咲太即使如此指摘，翔子也沒有立刻離開。兩人就這樣不經意看著海，維持這個姿勢有一句沒一句地聊天。不著邊際的對話。翔子的體溫從背後傳來，令咲太感到安心，所以他已經忘記是基於什麼契機聊到那件事。應該是順其自然吧。

「咲太小弟沒能拯救妹妹，所以抱持罪惡感是吧？」

「……這樣錯了嗎？」

「沒錯。不過，要是你無精打采，我想你的妹妹也會難受。自己害得哥哥失去笑容是一件悲傷的事。」

「遭到霸凌並不是楓的錯啊。」

「就算如此也一樣。」

「……」

「『對不起』的心情很重要喔。雖然重要，但要是一直面對這份心情，有時候會被『對不起』的重量壓垮。」

「那麼，該怎麼做？」

「咲太小弟，你聽別人說什麼話會高興？」

「……」

「你喜歡別人對你說『對不起』嗎？」

「不喜歡。」

「我也不喜歡。『謝謝』、『妳好努力呢』以及『好喜歡』是我喜歡的話語，是我喜歡的話語前三名。」

從身後環抱的手微微使力，咲太感覺被翔子緊抱。雖然有點難受，卻好舒服、好溫暖。

「咲太小弟好努力呢。」

「！」

傳入耳中的話語使得胸口出現悸動反應。

「為了妹妹好努力。」

「……」

接著，鼻腔深處緩緩變得溫熱。咲太覺得不妙的時候已經太遲了，淚水隨著眨眼從咲太的眼眶滑落。

沒有依賴任何人，也沒有得到任何人的協助。楓因為思春期症候群而傷痕累累時，唯一能做的只有旁觀，即使想做些什麼也做不了什麼。因為襲擊楓的這個神祕現象，甚至沒有一個人願意相信。

咲太即使說明到聲音沙啞，依然沒人願意聽。父母無法接受現實，學校老師們開始逃避責任，朋友不再接近。愈是拚命，周圍的人就愈是遠離咲太與楓，眼神像是在嘲笑兩人不懂察言觀色。這令咲太感到煎熬、煩悶、束手無策，只能懊悔。

「我……」

「咲太小弟很努力了。」

翔子這句話使咲太一直克制的情感一口氣決堤，湧現的淚水止也止不住。原本以為沒人願意理解，這裡卻有唯一的例外，有一個願意理解的人……這讓咲太滿心歡喜，光是這樣就有種獲救的感覺。

「翔子小姐，我……」

咲太任憑情感漩渦驅使而想要轉身，但是做不到。兩頰突然「啪」一聲被某種東西夾住，因而無法轉頭……

咲太的意識因為臉部的壓迫感而清醒。

右臉頰好熱，左臉頰也好熱，如同挨耳光般隱隱作痛。

咲太隨著這股疼痛睜開雙眼，看見麻衣上下顛倒的臉蛋。

「……」

不高興的表情，難得的圍裙打扮因而失色。之所以上下顛倒，是因為麻衣蹲在仰躺的咲太頭部上方。

麻衣雙手夾住咲太的臉。

「對不起。」

嘴巴被擠成章魚嘴形狀的咲太總之先道歉。

「為什麼？」

「那個……」

咲太只想到一個原因。說夢話的時候，或許說了不該說的名字……

「小的方便請教原因嗎？」

咲太戰戰兢兢地詢問。

「明明和我住在同一個屋簷下，卻一臉悠哉呼呼大睡，我看了就火大。」

麻衣移開視線，面不改色地說謊。

「因為麻衣小姐住在男友家，遲遲睡不著？」

「只不過是住在年紀比較小的男友家，算不了什麼。」

麻衣裝出自然的態度，卻在講完的同時稍微打了呵欠。明明之前在大垣那間商務旅館投宿的時候，即使咲太就在身旁，麻衣依然可以熟睡……難道是如今和當時不一樣，稍微把咲太當男人看了嗎？不過很可能只是因為直到昨天都在京都拍戲，疲勞還沒完全消除才打呵欠……這時候就樂觀一點，認定是前者吧。

「憑咲太的程度，不准講得這麼囂張。」

「咦，為什麼穿幫了？」

「都寫在臉上了。」

「我臉上寫了『純情的麻衣小姐很可愛』嗎？」

「真的很囂張耶。」

麻衣「啪」一聲打向咲太的額頭。好悅耳的聲音。

「我做好早餐了，去洗臉。」

咲太抬頭一看，餐桌上擺著法式吐司以及炒蛋。

「但我擅自拿材料來用了。」

「請隨意，把這裡當成自己家就好。」

「不要講蠢話了，快給我起來。」

「嘿咻……」

咲太假裝要起來，卻把抬起的頭放在麻衣大腿上。世間俗稱的「大腿枕」，不過並非完美的狀態。因為麻衣雖然雙膝著地，腰部卻微微上浮，所以莫名有點斜斜的。

「麻衣小姐，我脖子痛。」

「是你自己過來躺的，不准抱怨。」

即使如此，麻衣依然沒有抗拒地移開咲太的頭。幸福無比的時光緩緩流動片刻。

「啊！」

另一個地方突然傳來這個驚訝的聲音。起床的楓走出房間了。

「啊，楓，早安……呃，喔哇！」

咲太說早安說到一半，麻衣突然起身。咲太的頭因而失去支撐，重重落在客廳地板上。

「……！」

咲太痛到發不出哀號，就這麼默默以雙手按住後腦杓打滾了好一陣子。

「早安，小楓。」

害男友受苦的麻衣面不改色地問候楓。看來果然得認定是剛才說夢話叫了翔子。麻衣之所以沒有明講，應該是她的自尊使然。她不想承認自己在意翔子。

「早……早安。楓什麼都沒看見！」

咲太終於起身之後，楓以雙手掩面，忸忸怩怩。

「我什麼都看不見，前方一片黑暗！」

「當然啊，因為妳掩住臉了。」

「也看不到明天！」

「那是人生。」

「是一齣沒有大綱的戲呢。」

「梓川家的早上真熱鬧啊。」

走出盥洗室的理央戴上眼鏡，露出有些為難的表情。肯定是沒自信融入這股氣氛吧。

後來，咲太等四人圍坐在麻衣準備的早餐周圍。

「我要開動了。」

自從咲太與楓住在這個家，這張餐桌周圍第一次坐滿人。

雖然就座之前花了一些時間，不過楓也坐在咲太身旁，將軟綿綿的法式吐司送進口中。她莫名黏著咲太，所以不太好用餐。

「哥哥，這個好好吃！軟綿綿的！」

「蛋也很好吃喔。」

「這道黏糊糊的！」

「今後每天都請麻衣小姐做給妳吃吧？」

「好！」

楓笑容滿面地點頭。

「不准利用小楓。」

麻衣在桌子底下踩咲太的腳。

「嗚！」

「哥哥，怎麼了？」

「我的愛在接受考驗。」

麻衣踩著咲太的腳用力扭。

楓歪過腦袋，一副呆愣的樣子。理央則是不知為何停下動作。

「雙葉學妹，不合妳的口味嗎？」

「啊，不是。」

理央聽到麻衣這麼說，便將法式吐司送進口中。

「我很久沒和別人一起吃早餐，所以……」

這麼說來，理央常在學校的物理實驗室吃吐司，還擅自泡物理老師自用的即溶咖啡喝……大概是沒和家人一起吃早餐吧。

咲太想開口詢問的瞬間，小小的震動聲介入場中。聲音細微得必須豎耳才聽得到，但咲太依然立刻察覺是手機來電震動，因為坐在一旁的楓抖了一下。

「啊，抱歉，是我。」

麻衣從圍裙口袋取出裝了兔耳手機殼的智慧型手機。

「我離開一下，經紀人打來的。」

麻衣說完之後起身，走到陽台，將手機抵在耳際。

「喂？」

態度成熟，語氣沉穩。

『啊，麻衣小姐？』

不知道是因為對方大嗓門還是手機音量大，連咲太都聽得到聲音。

「怎麼了？」

『抱歉一大早打給妳。現在方便講電話嗎？』

「沒問題。」

『拍片到昨天辛苦了……難道妳在外面？』

大概是從話筒傳過去的聲音察覺的。不過正確來說是在陽台。

「在男友家。」

麻衣以極為自然的態度告知。看樣子，她已經對電話裡的經紀人提過交往的事。

咲太如此心想的時候……

『原來如此，男友家……慢著，咦咦？』

傳來這個驚訝的聲音。看來經紀人是第一次得知。

『妳……妳剛才……男……男友？妳說了「男友」？』

「說了。」

麻衣冷靜地回應慌張的經紀人。

『請……請待在那裡別動！我去找社長商量！晚點會到府上拜訪！』

大概是結束通話了，麻衣回到屋子裡，還說「這樣就行了」將手機關機。

「小楓，對不起。」

麻衣一坐下，首先向楓合掌道歉。

「沒……沒關係！楓只是聽到那個聲音會抖一下而已！」

「麻衣小姐不要緊嗎？」

「或許咲太會害我被事務所的社長說教喔。」

「……」

「開玩笑的。」

麻衣若無其事一笑，將法式吐司送進嘴裡，還說「做得挺好吃的」自誇。實際上真的很好吃。說真的，咲太希望麻衣每天做給他吃。

「麻衣小姐的演藝圈笑話，我聽不出來是開玩笑還是真的，所以請別再說了。」

「只不過是交個男友，沒問題的。」

「不過，那位經紀人？剛才相當慌張吧？」

「只是因為剛簽下一支廣告，所以對八卦題材很敏感罷了。總之，或許會要求我們暫時不要一起外出。」

「這樣不算是沒問題吧？」

該不會演變成要求兩人分手吧？咲太不禁如此猜測。

「啊，還有，經紀人恐慌是家常便飯。」

「這也不算是沒問題吧？」

雖然咲太不太清楚，不過經紀人應該是負責安排藝人的工作，處於管理行程的立場。剛才的狀況令咲太擔心。說起來，明明是對方打電話過來，卻沒告知任何事就結束通話……而且麻衣顧慮到楓而關機。要是經紀人想起忘記通知事情，大概會再度慌張起來吧？

雖然這麼說，但咲太擔心也沒用，所以他決定繼續吃好吃的早餐。

到了十點，翔子一如往常來訪。她今天戴著帽簷很大的帽子，是在避暑勝地散步的良家千金風格。

「太陽很大，所以媽媽要我戴。」

翔子察覺咲太的視線，解釋般說了。

「請問……有客人來嗎？」

玄關的陌生鞋子令翔子在意。

「發生了一些事。沒關係的，進來吧。」

咲太帶著脫掉鞋子的翔子來到客廳。今天除了楓，還有麻衣與理央。

「咲太先生認識好多女性喔。」

「……」

「啊，我沒有別的意思。」

翔子將雙手舉到胸前擺動，想要解除誤會。

「絕對沒有。」

咲太明明什麼都沒說，翔子卻再度強調。看來她有別的意思。

「妳是不是覺得我是很過分的花花公子？」

「不，只是覺得咲太先生的地位或許意外地崇高。」

翔子以關心的語氣說出驚人之語。在誤會加深之前，咲太為她介紹理央。當時撿到疾風的時候，麻衣也在場，所以兩人已經見過面。

「她是雙葉理央，我的高中同學。」
「我叫做牧之原翔子。」
翔子鞠躬致意之後，理央稍微繃緊表情，接著朝咲太一瞥。此時的咲太僅止於簡單以眼神回應。昨天白天，咲太找另一個理央商量過這件事，但還沒對這個理央提到翔子的事，所以理央難免感到驚訝。
由於已經和「理央」商量一次，所以咲太自認已經說明過，完全疏忽了這一點。
翔子和疾風玩耍時，咲太對理央說明翔子的事。
「思春期症候群真的很喜歡梓川耶。」
理央說出一點都不令人感謝的感想。
後來，咲太依照昨天的約定，和翔子一起幫那須野洗澡，讓翔子抱起那須野帶進浴室。疾風也蹦蹦跳跳從後方跟了過來，卻沒有踏入浴室，大概是有所提防吧。
咲太在洗臉台放滿溫水。以眼神示意之後，翔子將那須野放進水裡。那須野乖乖擺出坐下的姿勢。以水杓舀水淋在露出水面的背，那須野就舒服地閉上眼睛。
接著是洗毛。
「要順著毛的方向慢慢洗喔。」
「好。」

翔子小小的手幫那須野搓洗。仔細洗過各處之後，以蓮蓬頭沖掉全身的泡沫。

「好，洗完了。」

那須野喵喵叫回應，一步步走出洗臉台，在翔子面前停下腳步。

「啊，慘了！」

「咦？」

幾乎在翔子反應的同時，那須野甩動溼透的身體，將水滴噴向四周。

「呀啊！」

嚇一跳的翔子一屁股坐在積水的地板，手上的蓮蓬頭也變成朝向她自己。

「呀啊！呀啊！」

翔子身體淋溼，受了驚嚇而放開蓮蓬頭。水勢如同蛇肆虐，水花毫不留情地淋溼翔子全身。

「唔唔！」

咲太連忙關掉水龍頭。

然而，為時已晚。

翔子從頭到腳溼漉漉，質地單薄的連身裙緊貼身體，別說內衣，連肌膚都透了出來。

那須野若無其事地從一旁經過，離開浴室前往走廊。牠還是溼的，所以不能扔著不管。

「楓！那須野去妳那裡了，幫牠吹乾！」

咲太大喊之後，伸出手拉翔子起來。她輕得嚇人。

就這樣牽著她帶到更衣間，以毛巾幫她擦頭髮。

「沒關係，我自己來。」

「說得也是。」

翔子不是小孩子。

「我去準備換洗衣物。把衣服脫掉吧，畢竟不能感冒。」

「好的。」

翔子伸手要解開胸前釦子，不過大概是沾到水變硬，看起來完全解不開。

「我來。」

咲太伸出手，翔子就乖乖交給他解釦子。這樣確實不好解，但咲太還是逐一解開。

連身裙前方敞開，露出底下的白色小可愛。這件也溼了，肌膚穿透可見。

為了方便脫掉，咲太想再解開一顆釦子。此時，他感覺背後有人。

「咲太，你在做什麼？」

站在更衣間前面的是麻衣。

「在脫牧之原小妹的衣服。」

「不准光明正大坦白。」

看來女王在生氣。

「咦？哎呀？我看起來像是對嬌憐少女性騷擾的變態？」

「很像。」

「等一下，麻衣小姐，她還是個孩子耶。」

翔子有些年輕過頭，咲太無法將她當成異性看待。

「她是女生吧？」

麻衣沒有收起不耐煩的情緒，可見雙方的見解有出入。看來得明確劃分界線。

「牧之原小妹。」

「有。」

即使話鋒突然轉過來，翔子依然冷靜。

「妳會和爸爸一起洗澡嗎？」

「直到小學三年級都一起洗過。」

「現在呢？」

「已經不會了。」

翔子斷然回應。聽她這麼說就覺得沒錯。即使年紀小，翔子也已經國中一年級，不是小孩子，是麻衣說的「女生」……

「那個……麻衣小姐，接下來拜託您了。」

咲太試著以討好的笑容敷衍。

「結束之後，我有話要找你談。」

很遺憾，看來沒能敷衍過去。

「希望是開心的話題呢～」

「那個，我沒事，請不要對咲太先生生氣。」

翔子純真的眼神筆直看向麻衣。

咲太很感謝她幫忙打圓場，不過在這種狀況下是反效果。

「你將她馴服得很聽話嘛。」

麻衣皮笑肉不笑。

「我什麼都沒做啦。她原本就是這樣的孩子。」

「別再說了，快點出去。」

咲太被趕出更衣間，門立刻緊閉。

「慘了，她那樣是氣壞了吧……」

「我聽到了，笨蛋。」

「……對不起，請原諒我。」

2

咲太被麻衣好好教訓一頓之後，吃完午餐換上制服，按照計畫前往學校。

在鵠陽下步行約十分鐘，抵達離家最近的藤澤站。人口約四十萬的市中心，百貨公司與家電量販店像是圍繞著車站般林立。ＪＲ、小田急、江之電……三間鐵道路線行經的車站周邊，今天也有許多人來來往往。

咲太在這裡悠哉地搭乘開往鎌倉的電車約十五分鐘，抵達藤澤站東南方的江之電七里濱站，只有一條軌道的小小車站。

走出驗票閘口，迎接咲太的是帶著潮水味的海風。原本以為通學久了遲早會習慣，但即使是現在，下車的瞬間依然感受得到大海。不只如此，還分辨得出季節與天氣造成的氣味差異。

不過只有今天，咲太極度在意自己的腳。麻衣逼他長時間跪坐，導致知覺失常。

車站通往學校的通學路上，除了咲太沒有其他學生。看到當地的衝浪手抱著衝浪板行走，就實際體認到現在真的是夏天。來玩的學生集團一邊歡笑一邊走向大海，遠離咲太。

咲太穿過只開了三分之一的校門進入校內。操場傳來社團活動的吆喝聲，是追逐白球的棒球

社。金屬球棒偶爾打中球，響起令人舒暢的聲音。

夏季大會結束，三年級退休，球隊肯定以全新體制啟動。神奈川縣的高中數量特別多，只有極少數球員能踏上甲子園的土地。峰原高中今年第二場比賽就遇到實力派強敵，早早落敗。

遙遠的巔峰。正因如此，朝著頂點揮汗努力的他們看起來好耀眼。

咲太聽著身後傳來棒球社充滿活力的吆喝聲，進入校舍躲避陽光。

「雙葉，妳在嗎～～？」

咲太一邊輕聲詢問，一邊打開物理實驗室的門。

「……」

沒有回應。室內無人。不過用來清洗實驗器材的流理台擺著沒喝完的咖啡杯。

看來「冒牌貨」有來學校。

是去上廁所嗎？咲太朝走廊探頭，觀察數公尺遠的女廁入口。感覺不到有誰會走出來。

書包就這樣放在桌子下面，所以應該還沒回家。

咲太在物理實驗室裡閒晃，等待理央回來。這裡有一般教室兩倍大，獨自待在這裡過於寬敞。散亂擺放的椅子令人感覺到某人待過的痕跡，隔著窗戶遠遠傳來社團活動的吆喝聲，凸顯出這裡的靜謐。

待在這裡，會覺得彷彿只有自己一個人被留在校內。

明明不久之前還有許多人，現在卻都走了……咲太覺得這間寬敞的物理實驗室裡洋溢著這種氣氛。

這種感覺令他不安，對胃部造成莫名的壓迫感。理央也每天抱持這種感覺嗎？還是咲太想太多了？

「……」

咲太打開窗戶想換個心情。

歡呼聲隨著溫暖的風從窗外傳來。探頭一看，體育館方向傳來大股熱氣。建築物周圍有些身穿籃球社隊服或T恤的學生，穿不同顏色隊服的似乎是別校學生。

「這麼說來，國見說過要打練習賽。」

咲太是在昨天打工時得知的。國見說附近的高中都會來共襄盛舉。

這麼一來，就無須推測理央現在在哪裡了。

咲太回到校舍出入口，換鞋之後走向體育館。距離體育館愈近，籃球的彈跳聲、選手們的跑步聲、球鞋和體育館地板「嘰！」的摩擦聲就愈是清晰。

別校的籃球社占據正門，所以咲太繞到旁邊。體育館在地面形成一大塊影子，看似打完球賽

的學生們伸直雙腿坐著。

等距離設置的三扇體育館側門為了通風全部開啟。咲太在最深處的側門發現理央。

「找到了……」

自然脫口而出的聲音有點緊張。

咲太昨天也見過「冒牌貨」，還當面交談。咲太找她商量事情。雖然當時毫無感覺，不過如今得知理央有兩人的事實之後，親眼目睹另一個理央令他背脊稍微發寒。

咲太靜靜觀察理央。

和昨天在書店見到時一樣，她將頭髮綁在後方。沒穿白袍，平常隱藏在長衣襬底下的雙腿如今大方裸露。大腿肉肉的。女用襯衫胸口似乎很緊，將套在外面的背心推擠成山峰。由於領口確實扣好，發育得和正經外表相背的胸部更引人注目。

別校男學生不時偷看理央。

「那是三年級嗎？」

「感覺好色。知性情色派。」

「你去搭訕啦。」

「你去啦。」

咲太經過他們身旁的時候，聽到他們如此熱烈交談的聲音。

咲太可以理解他們為何想聊這種不正經的話題。現在綁起頭髮的理央確實洋溢成熟氣息，看起來也很迷人。而且沒戴眼鏡的那雙眼帶點憂傷，令人忍不住想搭話。

不過，理央眼中只有一個人，目光只追著這個人。她看的不是籃球賽，是國見佑真這個人。

事實上，理央的視線沒有跟著球跑。

「國見大顯身手嗎？」

咲太來到她身旁，裝作一如往常地搭話。

「！」

理央嚇得身體一顫。

身後傳來剛才那群男學生說著「咦，男友？」或「不對，不是吧？」這樣的對話。

理央朝咲太一瞥，然後立刻撇過頭。微微俯首的側臉看起來非常不自在，而且更是尷尬。

「我只是趁著社團活動順便過來看看。」

聲音小得幾乎聽不見。

「我什麼都沒說啊。」

「反正你會問吧？」

「當然，因為害羞的雙葉很珍貴。」

「去死吧。」

「我還有很多事想和麻衣小姐做，請讓我緩刑八十年。」

「梓川，你想活到九十多歲？」

「我這種傢伙應該會活很久吧？」

「這種話不應該由自己說。」

理央嘆息般說了。她的視線至今依然追著佑真。

咲太確認比分。雙方差距很小，峰原高中只領先三分。籃球有三分球，所以可能瞬間就同分。身穿黃色球衣的敵隊選手正是在這時候射出三分球。

球描繪弧線……打中籃框反彈，身穿白色球衣的長人選手搶到籃板。白色是峰原高中。

已經跑向對方籃下的佑真舉起手。犀利的長傳飛過。

兩隊選手晚一步起跑，體育館充滿忙碌的腳步聲。

佑真接到球，立刻運球切入敵陣。黃色球衣的選手回防，佑真以胯下運球的假動作閃躲甩掉，在無人防守的狀況下作勢跳投。在這之前，連忙回防的高大選手衝了過來。對方大概有一九〇公分。但佑真這個動作是幌子，他的雙腳依然穩穩踩在體育館地上。

完全避開對方防守的時機之後，這次確實瞄準射籃。

籃球描繪平緩的拋物線漂亮旋轉，「唰」一聲穿過籃網。

觀戰的女社員尖聲歡呼，哇哇大喊的大概是一年級吧。別校的女學生也高聲加油。

「這幅令人不爽的光景是怎麼回事?滿格火。」
「梓川,你心胸太狹窄了。」
「雙葉,妳也喊聲『呀啊~~國見~~!』來聽聽吧?」
「……」
理央狠狠一瞪。
「國見一定會嚇到失誤喔。」
「我有在為他加油。」
「在心裡?」
「……」
沉默就是肯定的證據。
「雙葉缺乏表達喔。」
再度響起歡呼聲。看來對方選手得分了。
一進一退的攻防。看周圍反應就知道這場比賽打得火熱。
剩下時間不到兩分鐘。
「我說啊,雙葉……」
「希望你別妨礙我看球。」

「國見哪裡好？」
咲太投出直球正中籃網。
「梓川，你明明是國見的朋友，卻連這種事都不知道？」
「他是個好傢伙，爽朗到令人火大，而且不會先入為主評定別人。」
不是聽他人評論，而是以自己的想法看人事物。佑真說過這是母親的教誨，但咲太覺得這並非教過就會的東西。在這世界上，站在評價差的人那邊，自己的評價也會變差，所以咲太並非無法理解上里沙希當面要求他「不准接近佑真」的心情。不過聽到這種話的咲太忍不下這口氣……
「可是，這是把他當成一個人來欣賞吧？我是男生，所以完全不曉得女生感受到那個傢伙什麼樣的魅力。」
咲太知道佑真五官工整，個頭也比自己高，又是籃球打得好的爽朗帥哥。咲太也聽打工餐廳的女大學生說佑真笑起來的臉莫名稚嫩很可愛。不過咲太感覺理央的執著不是基於這種理由。
「你知道又能怎樣？」
「不能怎樣，只是興趣。這種對話很像高中生，很棒吧？」
「這是普通高中生的特權。」
「原來雙葉覺得自己很特別啊。」
「我的意思是說，我連普通的高中生活都過不了。」

語氣毫無情感，雙眼一直只追著佑真的動作。

「任何人都有戀愛的權利喔，又不是開車需要考駕照。」

任何人都被准許做這件事。不對，說起來，這肯定處於「權利」或「准不准許」這種概念之外。只是內心擅自亂跑，被拖著到處跑罷了。有人因而快樂，有人因而煩惱，煩惱過頭而覺得喘不過氣。如此而已……

沒什麼特別的地方。

「我之前就在想，梓川莫名具備戀愛體質呢。」

「是嗎？」

「追著初戀的高中女生報考峰原高中，花了一年忘記她，回過神來居然和那種名人交往，根本有問題。」

「妳這樣誇獎，我也很為難。」

「理所當然的，我沒有在誇獎你。」

「真遺憾。」

「雖然沒誇獎，但我有點羨慕你能夠忠於自己的情感，一般來說都會虎頭蛇尾。畢竟現在的時代不流行聽話、率真或忠實。」

理央嘴裡說羨慕，態度卻始終平淡。咲太沒有被羨慕的感覺。

「原來雙葉也會注意流行趨勢啊。」

「有些人際關係要是率直表達情感，就會變得和現在不同。」

她說的當然是佑真。

「所以？說到底，妳喜歡國見哪一點？」

咲太感覺話題被巧妙帶開，強行回到最初的話題。

「……」

理央投以忿恨的視線。

「唉……」

她露骨地嘆氣，眼神暗示咲太「識相一點」。

「在聊戀愛話題的時候嘆氣？」

「聽你說出『戀愛話題』這種字眼，我就渾身發冷。」

「那我會小心一點，今後不會再犯。」

咲太也隱約覺得自己這輩子第一次講這四個字。

「巧克力螺旋捲。」

理央突然輕聲說。

「意思是要我狂奔去買？」

「不是。我沒帶便當的那天，國見給我巧克力螺旋捲。」

「噢……」

峰原高中沒有「學校餐廳」這種美妙的設施，午餐基本上是帶便當。如果沒帶，只能等阿姨中午開貨車來賣麵包的時候買。這是在校舍入口旁邊開張，午休限定的麵包店。

學校附近姑且有便利商店，想去的話可以去。不過溜出學校違反校規，因此實際上這麼做的人有限。

因此，唯一合法供給午餐的麵包車當然人滿為患。飢餓的學生群聚，如同大群蝗蟲搜刮箱子裡的麵包。

蝗蟲過境之後，只剩下空空如也的塑膠箱以及一臉滿足的阿姨。

「一年級的第一學期……那天，我第一次買麵包……」

聚集在阿姨周邊的無數學生看起來確實具備魄力，懦弱的學生大概沒勇氣擠進去吧。

「所以國見瀟灑地出現在為難的妳面前？」

「他出現的時候，已經在吃戰利品咖哩麵包了。」

「是咖哩麵包王子殿下呢。」

「我被人潮嚇到時，國見向我搭話……笑著說：『雙葉是女生，所以愛吃甜的吧？』」

不用親眼看，咲太也能輕易想像那幅光景。理央佇立在前來買麵包的學生們不遠處，雖然想買卻沒有勇氣衝進學生群。佑真大概是在她正要沮喪離開的時候前來吧，臉上掛著一如往常無憂無慮的笑容……

得知契機了。

「嗯。」

咲太微微點頭，等待後續的話語。

「……」

「……」

然而理央微微臉紅，不發一語。

「然後呢？」

咲太不得已，出言催促。

「只有這樣。」

理央的回應一如往常。

「原來如此，只有這樣啊。」

「對。」

「巧克力麵包捲多少錢？」

「一百三十圓。」

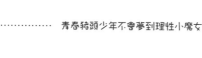

「雙葉真好騙耶。」

「如果是你給我麵包，我就不會喜歡上你了。」

「到頭來依然是看長相？」

「因為除了你，國見是第一個叫我『雙葉』的人。」

在咲太、佑真與理央都是一年級的一年前，三人同班。一年一班。教室裡，總是披著白袍的理央特別突出。她沒加入任何一個女生小團體，當然也不和男生說話，孤單地坐在自己位子上的身影莫名令人印象深刻。不和任何人扯上關係，班上同學暗自叫她「博士」或「白袍」，習以為常地不叫名字。這就是雙葉理央。

「既然這樣，不是應該喜歡上我嗎？」

「我不是你喜歡的類型吧？」

「哎，妳這種類型的人與其當女友，我更想把妳當朋友。」

「真拿你這傢伙沒辦法。」理央說著笑了。

「說到底，我覺得是因為時機。因為我當時心情很消沉。」

「嗯？那個時期發生了什麼事嗎？」

「就算沒發生任何事，有時候心情也會消沉吧？你不會嗎？」

「妳或許不知道，所以我話先說在前面，我和妳是相同的人種。」

「好震撼的事實啊。」

「哎，隨妳怎麼說。所以呢？因為國見在妳消沉的時候稍微對妳好，你就開始覺得國見是特別的人？」

「……聽你這麼說，就覺得我確實很好騙呢。」

理央自嘲地哼笑。

咲太思考該說什麼的時候，宣告比賽結束的哨聲響了。

雙方選手列隊。

「謝謝指教！」

充滿氣勢的問候聲響遍體育館。

比賽之後，汗流浹背的選手們紛紛走出體育館。看他們脫掉上半身的球衣，還以為他們會大喊「就這麼跳進海裡吧～～！」，卻是跑到水龍頭那裡沖涼。

在社團鍛鍊的結實肉體。峰原高中當然不在話下，其他學校的學生也和海邊高中一樣，曬成恰到好處的小麥色。

佑真他們的這副模樣使得一年級女生發出又羞又喜的尖叫。同年級的女生幾乎都是說著「男生爛透了」賞白眼。只有男生才能在賽後做這種事。

雖然這麼說，但咲太對男生的肉體沒興趣，所以不看了。看了只會覺得悶熱。
理央也和咲太一樣，將頭撇向一旁。但她的原因和咲太不同。她的耳朵很明顯隨時跟著佑真他們相互潑水的嬉鬧聲起反應，而且連脖子都紅了。
「想看就看啊。」
佑真痛快地沖涼之後，像是小狗搖頭甩水，接著以毛巾擦乾身體，換上新的T恤。
「啊～～他穿上衣服了。」
「……」
理央微微轉過頭來，眼中蘊含冰冷的殺氣。看來最好不要繼續捉弄她，不然友情會龜裂。
「所以？你找我有什麼事？」
「啊？」
「明明沒事卻在暑假跑來學校？你沒這麼熱愛學校吧？」
「哎，我覺得暑假最好持續一輩子。」
不過，必須每天都見得到麻衣……這是附加條件。
「這是小學生的想法。」
理央冷漠地駁回之後，斜眼催促咲太進入正題。
「那我就明講喔。」

「所以是什麼事？」

「現在啊，雙葉在我家。」

「……」

理央眼角微微顫動。

「原來如此。你昨晚打電話過來的時候怪怪的，就是這個原因。」

理央自言自語般輕聲說。

「這應該是發生了某種狀況吧？」

「這種事，你去問另一個我啊。」

「妳很乾脆就承認還有另一個妳耶。」

而且語氣也毫無情感，甚至像是置身事外。不過這是咲太熟悉的理央的態度。拿佑真的話題捉弄理央時的反應也果然是咲太熟悉的理央。說來傷腦筋，咲太完全找不到她不是理央的理由。

這樣的她哪裡是「冒牌貨」？

「另一個我的見解是？」

「她說可能是量子隱形傳態之類的。」

「和我的想法一樣。」

這麼說來，咲太昨天在書店見到理央的時候，她買了量子隱形傳態方面的書。

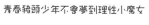

「不過在那種狀態下，我與另一個我無法同時存在，而且必須具備相同的思緒與記憶。」

另一個理央也講過這種話。

「所以關於這次的現象，她推測觀測雙葉的是雙葉的意識本身，而且雙葉的意識基於某個原因而有兩個。」

雖然不知道這樣說明是否正確，但咲太是如此理解的。

「原來如此。那麼，存在兩個意識的原因是什麼？」

「她說她心裡沒底。」

「你相信這種明顯是瞎掰的謊言？」

「我哪會懷疑朋友啊？」

「會。事實上，你認為我是『冒牌貨』。」

理央犀利質詢。

「坦白說，我曾經以這種推測為前提。」

「講得好像你現在就不這麼認為呢。」

「無論從哪個角度怎麼看，妳都無疑是雙葉。話說如果妳心裡有底，就告訴我意識為什麼一分為二吧。」

「去問另一個我吧？她心裡肯定有底。」

「妳為什麼這麼認為？」

「因為我心裡有底。」

換句話說，「雙葉理央」當然知道這種程度的事。反過來說，不知道的話就是冒牌貨。或許這就是面前這個理央想表達的意思。

「既然問哪一個雙葉都一樣，妳告訴我也沒關係吧？」

理央的視線只在瞬間移向咲太身後。佑真肯定在那個方向。

「我要回社團了。」

理央單方面說完走向校舍，就像是在逃避……

「不跟國見打聲招呼嗎？」

咲太覺得追究思春期症候群的事只是白費力氣，一如往常朝理央身後這麼說。

「……」

理央以沉默回應。她沒停下腳步，逕自進入校舍，最後連背影也看不見了。

「低調典雅的這一面，正是雙葉的特色呢。」

旁觀的咲太比她還心酸。

「你說雙葉怎麼了？」

後方傳來聲音，轉身一看，身穿T恤加短褲，頭上蓋著毛巾的佑真站在咲太背後。佑真拿著

藍色標籤的寶特瓶，是兩公升裝的運動飲料。內容物已減少三分之二，他將剩下的也一飲而盡。

「啊～～復活了。」

「你直到剛才都是死的？」

「幾乎死了……所以，你說雙葉怎麼了？」

「沒什麼，只是聊到雙葉今天也是雙葉。」

「這是怎樣？」

咲太只是隨便敷衍，佑真卻似乎接受了。咲太終究無法透露現在有兩個理央，會被當成腦袋有問題。不，感覺佑真應該會聽他說明直到接受，不過理央應該不希望佑真知道這件事。

「雙葉剛才都在吧？」

「原來你早就發現了？」

「比賽開始沒多久，我就看到她在這裡看球。」

「比賽的時候專心一點啦。」

「站在球場上會清楚看見周圍的熟人喔。」

佑真解釋時，投籃般將空寶特瓶扔向垃圾桶。咲太發送「落空」的意念，可惜漂亮命中。

「咲太，你剛才希望我落空對吧？」

「你會讀心？」

「你都寫在臉上了。」

佑真輕戳咲太的腦袋。

「國見，雙葉常來嗎？」

「唔～～很難說。感覺是去科學社的時候偶爾順道過來？」

「不曉得哪邊才是『順便』就是了。」

咲太以明確的意志看向佑真。

「咲太，你最近給我的壓力好大。」

「我只是不容許你玩弄雙葉。」

「你講得真直接。」

體育館裡，女社員的比賽開始了。

「這部分我會妥善處理……話說你怎麼在這裡？」

佑真問出這理所當然的疑問。

「我不能在這裡嗎？」

「你沒有熱愛學校到連暑假都過來吧？」

「雙葉已經這麼說過了。」

「……難道說，雙葉發生了什麼事？」

佑真瞬間露出思索的模樣，接著突然這麼問。
「你說的『什麼事』是什麼事？」
「我這邊沒發生什麼事，現在明明是暑假，你卻在學校……這麼一來，當然會覺得雙葉發生了某些事吧？」
感覺合理，又好像不合理……
不熟悉咲太與理央的人絕對講不出這種話。
「國見學長，教練叫你去開檢討會。」
在對話的短暫空檔，推測是一年級的籃球社員插話說了。
「知道了，我現在過去。」
佑真回答之後準備回到體育館，但他很快就停下腳步，轉身看向咲太。
「發生什麼事的話要叫我哦。」
「嗯？」
「雙葉的事。」
「不用你說，我也會這麼做。就算是半夜聯絡，你也要飛過來喔。」
「我應該飛不了，所以會騎腳踏車趕過去。」
佑真笑著回應之後，回到體育館。

3

咲太離開體育館之後，筆直前往距離校舍正門約三十公尺的貴賓入口。進門正前方就是辦公室，由於平常不太需要過來，所以學生很少來這裡，頂多只會使用相隔兩間的保健室。

咲太在鴉雀無聲的貴賓入口脫鞋，換上拖鞋。沒接近關燈的辦公室，而是站在走廊盡頭設置的綠色公用電話前面。他拿出身上所有十圓硬幣放在電話上，拿起話筒，只投入一枚十圓硬幣。

撥打的是自家電話號碼。

電話立刻接通。

『喂，梓川家。』

咲太聽到聲音的瞬間就知道是誰接聽的。是麻衣。

「麻衣小姐，麻煩再講一次。」

『喂，梓川家。』

剛才的聲音頗為柔和，這次卻像是辦公務般極為平淡。咲太腦中浮現麻衣嫌煩的表情。

「多帶點新婚太太的感覺比較好。」

『只是接個電話，你居然可以樂成這樣。』

「當然，因為接電話的是麻衣小姐。」

『就算你這麼說，我也不會裝出新婚太太的感覺。』

「不用害羞沒關係。」

『那邊怎麼樣？』

麻衣完全不理會咲太的撒嬌，進入正題詢問。

咲太想再堅持一下，但十圓硬幣有限，所以決定老實回答。說起來，咲太就是為了這件事才打電話。

他追加一枚十圓硬幣。

「雙葉來學校了。」

『這樣啊。雙葉學妹也一直在這裡喔。』

「我出門之後，她做了什麼嗎？」

『主要在教小楓功課。現在也正在教理化。』

「教楓？」

『不過兩人莫名有段距離。』

麻衣從喉頭輕聲一笑。大概是楓從臥室露臉，而理央在客廳教她功課吧。躲起來的楓身高比理央高很多，想像構圖的話確實是有趣的光景。楓身高一六二公分，相較之下，理央才一五五公分。可以理解麻衣為什麼會笑。

「麻衣小姐做了什麼？」

『打掃了你的房間。』

語氣隱含故意的惡作劇氣息。

「麻衣小姐，想必妳打開衣櫃看了我的內褲吧？」

『房間裡的猥褻物品，我全部處理掉了。』

「……真的？」

『像是兔女郎裝，已經不需要了吧？』

「那是第二重要的東西！」

咲太上半身朝話筒前傾。

『第一重要的是？』

「當然是麻衣小姐。」

『是是是。』

「我是說真的。」

『既然這樣，第二順位以後的東西沒有也沒關係吧？』

「咦？」

『有我就夠了吧？』

「……」

『不是嗎？』

麻衣語帶威脅。

「夠了。」

咲太不得已，只好輕聲回答。

『用不著這麼失望，我沒扔掉，都幫你收好了。』

「麻衣小姐好壞。」

『對了，你喜歡偶像？』

麻衣忽然換了話題。過於突然，咲太猜不透她的意圖。

「咦？為什麼？」

『因為房裡有偶像團體上封面的漫畫雜誌。大概三個月前的。』

「啊～～那只是我錯過扔掉的時機。幫我扔掉沒關係喔。」

『這樣啊。』

麻衣自然接受了。不過這聲回應也像是在思考別的事。

「麻衣小姐？」

『對了。經紀人再十分鐘就到，可以讓她進來嗎？那個……盯著雙葉學妹比較好吧？』

麻衣稍微降低音量，大概是在意理央。

「只要剛才那句話再說一次就可以。」

『喂，梓川家。』

溫柔的聲音，感覺得到幸福的氣息，正是咲太心目中的新婚太太風格。

『咲太，你想和我結婚嗎？』

「目前僅止於交往就好。」

『我不希望你立刻回答「想」，但你講得像是有點抗拒，我不太能釋懷。』

「事實上，我還無法實際想像結婚的樣子。」

『是喔……』

看來她果然還沒接受。

『總之，這方面我和你意見相同。所謂的「幸福家庭構圖」，我沒有實際的感覺。』

麻衣自言自語般說了。咲太覺得這是她兒時父母離異，長年和母親相依為命才會這麼說。如今她也和母親相處不好而分居。

「我果然想和麻衣小姐結婚呢。」

『怎麼突然講這種話？』

「我們一起建立幸福的家庭吧。」

『好好好。所以？咲太，你要回來了嗎？』

「我是這麼打算。畢竟我有事情想問那邊的雙葉。」

『這樣啊，那麼，晚點見。』

「好。」

咲太等麻衣掛斷電話之後，放下話筒。

將剩下的十圓硬幣放回錢包，轉身準備離開。

「呃！」

咲太不禁發出聲音是因為背後有人。站在距離四五公尺處的人是佑真的女友——上里沙希。

「『呃』什麼『呃』啊？」

沙希雙手扠腰，筆直看著咲太。

「……」

「……」

兩人視線相交，卻沒人先開口。咲太沒什麼事要找她，決定趁機趕快換鞋。

「等一下。」

不悅的情緒隨著帶刺的聲音刺了過來。

咲太不以為意，穿好鞋子。

「居然假裝沒聽見，真的很討人厭。」

沙希以冰冷語氣說了。

咲太在內心嘆氣，重新轉身面向沙希。

「抱歉。我作夢都想不到，班上公認最可愛的上里沙希同學居然和我這種在班上被排擠的傢伙講話。哇～～我好驚訝。」

咲太姑且想表達自己的心情，以不帶情感的語氣告知。

「這是怎樣？真的很討人厭。」

沙希的眼神像是在看垃圾，何其屈辱。如果要承受這種眼神，咲太寧願由麻衣來，這樣對咲太來說就是獎勵，不過沙希的眼神只會令他不悅。

「我也自覺剛才那樣很討人厭。」

事實上，咲太講了討人厭的話。他是故意這麼說的，所以討人厭是理所當然。不過咲太說的內容……尤其是「班上公認最可愛」這段，沙希並沒有否定，令咲太覺得沙希也不簡單。

「所以，有什麼事？今天也來求我和國見分手？」

「和佑真交往的是我。」

「其實我們是同志關係喔。」
「……」
沙希微微臉紅。
「上里，妳有那種嗜好？」
「沒有！」
「放心，我也沒有。我可不想跟男人交往，我喜歡女生。『好』這個字拆開是『女子』，所以女子比較好。」
「你在講什麼？」
「趕快說妳有什麼事吧，以免我變成更麻煩的傢伙。」
麻衣在家，咲太想趕快回去。
「……」
明明是沙希主動搭話，咲太洗耳恭聽時，她卻不知為何顯露出猶豫態度，視線游移不定，像是在思考該怎麼說。
「梓川，妳和那個女生是朋友對吧？」
「……」
「是不是？」

「妳說的『那個女生』，我猜是雙葉？」

「白袍女。」

「那就是雙葉。」

「……」

沙希再度閉嘴，但這次她很快就將視線移回咲太身上。沙希平常總是充滿自信，所以咲太第一次看到她這樣的表情。

「那個女生，有沒有做什麼不妙的事？」

「……不妙的事？」

一瞬間，咲太懷疑她說的是思春期症候群，卻覺得若是如此，她應該不會這樣講。沙希問的是「有沒有做」，以「做」這個字形容理央現在的狀況不太對勁。

「怎麼了，難道她在物理實驗室做炸彈？」

咲太猜不透沙希真正的用意，所以隨便回應試著進一步套話。

「啊？你是笨蛋嗎？」

沙希一副由衷感到傻眼的態度。

「不然是怎樣？總之說來聽聽吧。」

咲太按捺不耐煩的情緒，催她說下去。

「就是……」

沙希依然支支吾吾。咲太第一次看到如此結巴的沙希。他感到愈來愈麻煩的時候，沙希說出了天大的情報。

「大約一星期前……拍了自己裙底的照片。」

「……」

一瞬間，咲太的理解速度跟不上，聽不懂她說了什麼。

「……」

「……」

沉默降臨在咲太與沙希之間。從體育館方向傳來的社團活動吆喝聲聽起來莫名遙遠。

「啊？」

大約五秒後，驚訝終於化為聲音。

「就說了！用手機鏡頭，像這樣……」

沙希將自己的手機伸到裙子下方。她雙腿交叉，還稍微擺了個姿勢，這樣應該可以若隱若現地遮住內褲。

「最近女高中生之間流行這種色色的遊戲啊？」

「沒流行。」

「上里，妳慾火難耐？」

「並沒有！」

「要適可而止喔。」

「就說了，不是我！是雙葉那個女生做的！你真的好麻煩，去死吧。」

最後一句話的語調很冰冷，她挺當真的。咲太自覺還是胡來過頭了，所以暗自反省。

「雙葉是嗎……」

不過，沙希說的這番話，他難以置信。

「沒錯。」

沙希深深點頭回應咲太的自言自語。

「是喔……」

「是的。」

「是嗎……」

「……」

「……」

「……呃，就這樣？」

咲太這個反應算是相當驚訝了。老實說，這件事比起理央變成兩人的現狀更驚人。只是他沒

有親眼目睹那個場面，所以還沒有真實感罷了，和沙希的情緒出現落差也在所難免。

此外，既然發生思春期症候群的現象，或許某處又會發生天大的事態。咲太對此已經做好心理準備。

「梓川，你完全聽不懂我的意思對吧？」

「不就是她自拍裙底嗎？我懂。」

「你不覺得她或許是拍照給某人看嗎？」

「啊？」

「看來不覺得。」

沙希像是瞧不起咲太般一臉傻眼。

「我聽不懂『給某人看』的意思。一丁都不懂吶。」

咲太問完，沙希移開視線滑手機，看起來像是覺得無聊。

後來沙希從手機上抬頭，同樣掛著嫌無聊的表情大步接近。柑橘香味隨風而來，大概是沙希使用的止汗噴霧劑吧。

「這個。」

沙希將手機畫面伸到咲太面前。

是某人的微網誌頁面，圖像是只有嘴角以下的特寫。光是這樣很難判別是誰，不過咲太只想得到一個人選。嘴唇偏右處並排的兩顆小痣。理央在差不多的位置也有兩顆痣。

就在圖像下方的最新留言是「一點點」，日期是昨天。留言附上一張照片，解開三顆釦子的女用襯衫胸口，寬衣的方式很撩人。鏡頭是從上方窺視的角度，拍下漂亮的乳溝。

雖然入鏡的面積很小，不過看起來像是學校制服。

「這是那個女生的黑帳。」

「黑帳？」

「瞞著現實朋友的祕密帳號。」

沙希嫌煩般說明。

「是喔……」

十幾個字母的這個英文字串，應該就是她說的帳號吧。

「以那個女生的狀況，她看起來沒有公開的帳號，或許沒有祕密不祕密的問題吧。」

「所以，上里妳為什麼會知道雙葉的這個祕密帳號？」

如果被實際認識的人發現，祕密帳號肯定沒有意義。而且她們兩人不是朋友，甚至稱不上認識，不可能交換帳號。

「因為我剛才去物理實驗室，發現她的隨身物品扔在裡面，我就看了她的手機。」

沙希隨口坦承自己擅自偷看。

「男友在社團練習賽努力的時候，妳在搞什麼啊……」
「這件事和佑真無關！」
沙希過度反應，瞪向咲太。
「什麼嘛，難道你們吵架了？」
「……」
她的眼神蘊含殺氣，看來咲太說中了。記得他們幾天前去海邊約會，大概是當時發生了某些事吧。
「總之無論如何，雙葉太粗心了，而且妳也很沒常識。」
不過託沙希的福，咲太得知了原本應該無從得知的這個情報……
「上里，照這個樣子來看，妳也會看國見的手機？」
「……」
沙希不發一語，只和剛才一樣以恐怖的表情瞪咲太。或許這就是吵架的原因，不要繼續貿然試探比較好，要是憤怒的矛頭轉過來就不好受了。
「我可以看一下嗎？」
咲太詢問之後接過沙希的手機，捲動畫面閱讀前面的留言。
很快就捲到底了，因為留言本身只有十則。首先上傳的是睡衣照片，毛茸茸的連帽睡衣。下半身是短褲款式，所以可以清楚看見赤裸雙腿。大腿看起來很柔軟，是刺激雄性情慾的大腿。圖片附帶「需要的話會繼續上傳」這則留言。

類似的留言總共十則，每張照片都沒拍到臉。

第一則留言的日期是七月二十五日，也就是一週前。

留言下方是一整串的網友回應。

——這是好大腿！

——睡衣可愛。好想穿這種的！

——高中生就有這種溝？

——這個I字是天然乳溝！硬擠的人工乳溝會變成Y字喔……

——胸部大師出現了。（笑）

諸如此類……反應非常好，很快就灌入大量留言表示想看更多。

「假設這真的是雙葉……」

「肯定沒錯。」

沙希咄咄逼人地斷定。

「那麼，她為什麼要做這種事？」

「是想增加追蹤人數吧？」

現在的追蹤人數大約兩千。

「增加人數要做什麼？」

「不做什麼。」

「這是怎樣？」

「因為貼這種清涼照只是想引人注目。」

「原來如此。」

咲太講得像是可以接受，內心卻毫無頭緒。他找不到理央非得拍這種清涼照的理由，以及上傳這種照片的理由。

從常理思考的話，一言以蔽之，這是愚蠢的行為。不過，咲太認為理央至少肯定知道這是「愚蠢的行為」。如果她明知如此卻非得這麼做，會是基於什麼苦衷？咲太想不到。

「女高中生什麼時候會想做這種事？」

「我不會。」

「別賣關子，拜託告訴我。」

「我不是說了我不會做嗎？你是笨蛋嗎？」

「即使拍了這種照片？」

咲太將擅自開啟的圖片檔拿給沙希看。

是沙希抱著高約一公尺的熊布偶的自拍照。是表情凶暴，叫做「咬人熊」的角色。

「慢……慢著，不准擅自看啦！你是哪根筋不對啊！」

「抱怨別人的時候有個重點，必須把自己的事情放在一旁。」

沙希一把搶過手機。

「真是的，之後你自己去問當事人吧。」

沙希氣沖沖地轉身背對咲太，快步離開。

「那個傢伙，關心別人的方式真怪呢。」

咲太看著她的背影低語。以這種方式高揭正義感很奇怪。

「好啦，該怎麼做呢……」

沙希離開之後，咲太重新思考理央的事。

現在去物理實驗室詢問理央很簡單，但咲太察覺了某個事實。

剛才沙希拿給他看的理央祕密帳號，上傳第一張照片留言的日期是一週前。昨天，理央說「雙葉理央從三天前就有兩個」，也就是說，理央一週前肯定只有一人……換言之，理央在思春期症候群出現之前就上傳了有點香豔的自拍照。

「說真的，該怎麼做呢……」

某些女高中生會以某種形式使用、利用自己的性感……或是被利用。咲太具備這個知識。在

現在這個時代，連「ＪＫ交易（註：「ＪＫ」是日文「女高中生」的簡寫）」這種字眼都會出現在電視上。

直到剛才，咲太都覺得這種事遠在天邊，未曾特別注意。因為他沒聽說過班上同學在做這種事，甚至沒接觸過這種氣氛。

咲太以為這種事應該一輩子和自己無關。

然而，如今卻突然出現在面前，而且當事人不是陌生人，是朋友……這個事實使得咲太的下腹部躁動發毛。

「就算要找人商量……」

咲太想不到哪個人熟悉這方面的事。

「……不，有唯一的人選。」

咲太不太想見的人。雖然完全不想欠這個人的人情，但現在也找不到別人問。

咲太嘆口氣，脫下鞋回到公用電話前面。他從錢包取出零錢時，也拿出一張收在錢包裡沒動過的名片。

4

「歡迎光臨。」

咲太回到藤澤站，進入打工的連鎖餐廳，女店員的可愛聲音迎接他入內。

「咦，學長？」

前來接待的是朋繪。她臉上之所以掛著疑問，應該是知道咲太今天沒排班吧。

「我現在是客人。」

「請問一位嗎？」

「我跟人有約，對方晚點就到。」

「櫻島學姊？」

朋繪有所顧慮地詢問，揚起視線的樣子好可愛。

「不是。」

「國見學長？」

「也不是。」

「……」

看來，她想不到咲太還會和誰約見。

「幻想的朋友？」

朋繪講得很失禮。

「揉妳喔。」

朋繪迅速以雙手遮住臀部。

「一般不是都會認為是要揉胸部嗎？」

「我的胸部不到可以揉的程度，學長不是早就知道了？」

「看來不知何時，我和妳的關係變得很情色耶。」

「我……我不是那個意思！」

朋繪鼓起臉頰抗議。

「古賀妳真的好可愛喔。」

「夠了。這邊請。」

咲太明明在稱讚，朋繪心情卻似乎不太好。她一邊輕聲嘀咕，一邊帶咲太前往深處的四人座。五號桌，麻衣昨天坐的地方。

咲太乖乖坐下。

「學長，你為什麼穿制服？」

朋繪問。

「我去了學校一趟。」

「輔導課之類的？」

「我又不是妳。」

「我也不用上那種東西喔。」

「是雜事。」

「是喔……」

咲太隨口敷衍，朋繪以視線宣洩不滿。但她沒有追究。

「我要點飲料無限暢飲，這樣就好。」

「好的，請慢用。」

朋繪用終端裝置點單之後，帶著笑容鞠躬致意。

此時，通知客人入內的門鈴響起。

「歡迎光臨。」

朋繪小跑步趕往店門口。

不過，她立刻回到咲太坐的桌號。

「那……那個，您的朋友來了。」

朋繪聲音緊張，暗藏疑問的視線刺在咲太身上，原因在於朋繪帶來的「朋友」。

超過二十五歲的成年女性。具備清涼感的白色女用襯衫，下半身是過膝的成熟褲裝造型，淡

妝給人知性又積極的印象，感覺像是播報員……應該說她貨真價實就是電視台播報部的播報員。

「原本以為我們已經沒希望了，沒想到你主動聯絡說想見我。」

南条文香一坐在咲太的正對面，臉上就掛著暗藏玄機的笑容這麼說。

「請不要講得我們好像是已經分居，離婚進入倒數階段的夫妻。」

「哎呀，你居然知道呢。」

看來她真的如此設定。

「要吃什麼嗎？」

咲太遞出菜單，但文香沒接過去。

「可以給我起司蛋糕加飲料吧的套餐嗎？」

她朝站在旁邊的朋繪投以微笑。

「好……好的，起司蛋糕加飲料吧的套餐是吧？」

朋繪以緊張的動作用終端裝置點單。途中，她朝咲太一瞥，但終究沒問兩人的關係。

「請慢用。」

朋繪留下制式回應之後離開餐桌。

「那個女生好可愛。」

「對吧？」

「為什麼咲太小弟在自豪？」

「因為她是我引以為傲的學妹。」

咲太說著起身前往飲料吧，準備兩杯咖啡。一杯冰的、一杯熱的。

回到座位一看，文香面前擺著起司蛋糕。蛋糕前端缺了一角，看來已經吃了第一口。

「請用。」

咲太將咖啡杯擺在文香面前。

「謝謝。」

文香立刻將杯緣湊到塗上脣蜜的豔麗嘴脣，接著「呼」地輕聲吐了口氣。

「你想問我的事情，是現今女高中生的生態對吧？」

她這麼問。

女播報員文香的主要工作是擔任白天某談話節目的助理。該節目取材廣泛，包括藝能、政治與經濟，也經常討論未成年相關的事件或社會現狀。所以，咲太覺得文香或許採訪過做了和理央相同事情的高中生，於是聯絡她見面。

「如果是交友網站的糾紛、援助交際，或是最近的ＪＫ交易，我採訪過好幾次。」

文香在電話裡告訴咲太，還說她接下來有空，專程過來一趟。

「啊，我當然是希望藉此拉攏咲太小弟，將來有機會採訪你。」

她甚至說出這種真心話。

「這種話講出來就沒意義了吧？」

「就算我不說，你也會察覺吧？」

即使咲太指摘，文香也以不在乎的態度打發。

咲太也很欣賞她豪爽的這一面。如果她不將咲太當成採訪對象，應該是咲太喜歡的類型。但也正因如此，不能大意。

文香想採訪的事情是咲太體驗過的思春期症候群。常人無法想像的這種事件，咲太實在不認為世間願意接受。大概會被批判是騙子，也會被採訪的攝影機追著跑吧。

如今還有殃及麻衣、朋繪以及理央的危險性。

「所以具體來說，你想知道什麼樣的案例？」

文香將蛋糕切成一口大小，送進嘴裡。

「女高中生自拍乳溝上傳到社群網站的案例。」

「是自發性的嗎？不是交友網站認識的男網友強迫的？」

「我想應該是自發性的。」

「這種啊……」

「妳認為呢？」

「最近的孩子發育很好對吧？」

文香的視線投向咲太斜後方。咲太微微轉身一看，身穿制服的四個女高中生正在看彼此的手機畫面嬉鬧。店內響起笑聲，她們完全進入自己的世界。

「我在高中時代得相當努力才擠得出溝喔。」

「我對南条小姐的發育沒興趣。」

如今在白色女用襯衫底下似乎是已經長成藏不住的氣派雙峰。

「咲太小弟嘴裡這麼說，但我覺得你的視線穩穩落在我的胸口耶。」

「我覺得依照話題走向，往那裡看是一種禮貌。」

「不是因為男生都會這樣反應嗎？」

「……」

「因為有需求。」

看來她終於進入正題了。

「胸口感覺到咲太小弟的視線會讓我得到不少優越感。」

「妳是色女耶。」

「身為女性，受到注目還是相當重要的一件事吧？哎，不過要看對象就是了。畢竟我可不想吸引到變態，好色上司也謝謝再聯絡。」

「那麼，上傳照片是想得到這種優越感嗎？」
「這算是行為逐漸過火的理由之一吧。一開始只拍赤裸的腿或部分內衣，大概是從這個程度開始，不過聽到『真棒』、『想多看一點』、『再來想看泳裝』之類的吹捧，尺度就會逐漸放寬。這是典型的模式。」
「……」
「雖然你一臉無法置信，不過我採訪過的女生們，雖然講法各有不同，卻都說這麼做可以『覺得自己被他人需要』。」
咲太還是沒什麼頭緒。
「是我講的順序不對嗎？做出這種行為的女生原本就容易比別人抱持更強的孤獨感。」
「孤獨感……」
「在學校交不到朋友，和朋友處不好……在家裡沒和家人交談，反而只是單方面背負沉重的期待，未曾試著溝通……覺得沒人理解自己。」
「原來如此。」
咲太即使附和也完全不覺得自己聽懂了。
「不過，正因如此，她們經常渴望聽到自己被接納、認同的話語。聽到溫柔的話語就會立刻滿足。」

「因為這樣很開心，因為可以滿足，所以行為逐漸過火，希望別人更加需要她。這就連接到妳剛才說的吧？」

「沒錯。」

「不過這樣的話，她們對自己這種行為有什麼想法？她們覺得這麼做是對的，是自己想做的事情而這麼做嗎？」

咲太最在意的就是這一點。

「我採訪的高二女生說，她一直覺得抗拒，也覺得自拍內衣照的自己很丟臉、很害羞……想到要是上傳照片卻沒人留言就會不安。就算有留言，也會有『好醜』或『好噁』之類的反應，擔心得不得了。」

「既然這樣，收手不就好了？」

咲太覺得不只如此，一開始別這麼做就好了。不過這應該是未經深思的意見。

「這份不安與擔心才是最棘手的。」

文香繼續對皺眉的咲太說下去。

「不安與擔心愈是強烈，收到肯定留言的喜悅就愈大，這你應該大致明白吧？」

「……」

咲太默默地微微點頭。落差的高低就是喜悅的大小，他明白這一點。

「光是聽到別人說個『讚』，不安似乎就會消失，得到強烈的滿足感。」

「不過，她們還是否定自己的所作所為吧？」

「對。所以只是暫時滿足……不過會再度不安，希望聽到別人的聲音。」

「為了填補這份不安與孤獨而重蹈覆轍嗎……」

「一旦產生負面循環就很難中途脫身。因為不希望身邊的人知道，所以也無法找任何人商量。剛開始應該只是一時鬼迷心竅吧，卻沿著我剛才說的過程，逐漸成為一種習慣……我看過的女生們大致給我這種印象。」

「……」

咲太感覺聽懂了，不過老實說，他沒自信可以理解。

「該怎麼對待這樣的人呢？」

「絕對不能把『不准做蠢事』這種泛論套用在她身上。當事人知道自己在做蠢事，也無法原諒明知如此依然這麼做的自己。」

咲太能理解文香現在的這番話。

楓遭到同學霸凌的往事掠過腦海。楓不敢上學之後，有人對她說「沒骨氣」或「妳得自己好好振作才行」這種話。

不過，楓並不是自願遠離學校，並不是成為了戀家少女。

楓苦於不敢上學，也努力想讓自己振作。不過咲太現在認為這麼做的結果或許反而只是加深了楓的傷。

楓需要的是有人理解她的感受，需要有人誇獎努力的她。

並不是不想上學，有時候是想去卻去不了。必須有人明白這一點。

直到楓傷痕累累，咲太才理解這一點……經過翔子的教導才終於理解楓聽到某些話語會開心，所以應該對楓說這樣的話語……

「……」

「總之，咲太小弟早就知道這種事吧。」

即使如此，咲太也慶幸自己聽別人親口對他這麼說。有些事即使心裡明白，實際處於這種狀況時還是得做好準備，才能做出正確的行動。

「不，謝謝妳。」

「真難得看到咲太小弟對我這麼老實呢。即將手到擒來了嗎？」

「這是兩回事。」

「哎呀，真遺憾。」

文香看起來沒有很失望，將剩下的起司蛋糕送進嘴裡。

「剛才提到的是你朋友嗎？」

「無可奉告。」

「我明明告訴你這麼多，你卻這麼冷淡啊。」

「是我朋友。」

文香以撒嬌態度繼續糾纏也很麻煩，所以咲太很乾脆地坦承。

「那麼，多多注意她喔。」

「我會的。」

不過實際上，咲太質疑自己做得了什麼。

「畢竟圖片或文章上傳之後，就很難完全從網路上刪除。一旦做了，就不會因為收手就完全結束。」

這也是棘手的地方。「跟著自己一輩子」的說法未必是謊言。

「即使沒露臉，也有本人或住址被肉搜出來，捲入風波或犯罪的危險性。如果是有GPS功能的智慧型手機，依照設定，可能會在拍下的照片寫入位置情報。」

這是便利性的另一面。這種資訊一旦擴散就難以控制，會以光速傳播出去。

「我在實況轉播時，裙子被風吹得掀起來的圖片也一直留在網路上，害我傷透腦筋。」

「世間有這個需求真是太好了呢。」

「當時我穿黑色內褲，『明明是日間節目卻這麼猥褻』這種抱怨電話也很過分。明明想要趕快忘掉，不過上網查資料就不時會看見，所以忘不掉。」

反過來說，如果是夜間節目就可以穿黑色的嗎？搞不懂刻意打電話抱怨的人在想什麼。

「總之，我的事不重要。」

文香露出別有含意的笑容。

「什麼事？」

文香似乎想問問題，所以咲太主動催促。

「你和櫻島麻衣小姐是什麼關係？」

「同校學姊與學弟的關係。」

咲太平淡地回應，拿起冰咖啡潤喉。

「就這樣？」

文香明顯在懷疑咲太與麻衣的關係。她有依據。

之前，咲太請文香提供麻衣的情報，代價是讓她拍攝胸前傷痕的照片。後來麻衣協商要求別公開那張照片，改為提供自己要復出演藝圈的新聞。

總歸來說，就是麻衣在袒護咲太。文香難免懷疑兩人不只是學姊學弟的關係，反倒是毫無感覺才奇怪。

「她至今完全沒有緋聞，要是被發現有男友，想必會大篇幅報導吧。」

「要是變成這樣，我想我絕對不會答應接受妳的採訪。」

「其他電視台或週刊應該也蠢蠢欲動，所以要小心喔。要是連累到我被你討厭，我可沒辦法接受。」

「我知道了。」

雖然這麼說，卻不曉得實際狀況如何。麻衣看似完全不在乎這方面的事。第一學期時，兩人很正常地一起上下學，昨天還豪邁地在咲太家過夜，不知道是沒有危機意識還是明知故犯，看來回家之後姑且確認一下比較好。

「所以呢？」

文香像是要講悄悄話般探出上半身。

「什麼？」

「進展到哪個階段了？」

文香眼神閃閃發亮，像少女般詢問。

「……」

咲太不禁傻眼。

「接吻了？」

文香毫不在意，繼續深入這個話題。

「南条小姐。」

「如何？怎麼樣？接吻了？」

「這聽起來像是大媽會問的問題。」

「透露這種程度的事情也沒關係吧？」

文香幼稚地鬧彆扭，身體向後靠在椅背上。

「南条小姐沒男友嗎？」

咲太還以顏色，直截了當地詢問。

「這個啊，聽我說啦，真的很過分。」

文香以這句話為開場白，後來抱怨了男友大約一個小時。

對方是從學生時代就開始交往的男性，跟文香同年。在大型知名通訊公司當業務，兩人從三年前開始同居。文香已經在等求婚，但對方好像還沒那個意思。因為相較於身為女播報員活躍的文香，自己還不成材，要等到有了一些成果再說……文香將男友昨晚說的這段話告訴咲太。

「他說的『成果』是什麼啊？」

文香胡亂將怒氣發洩在咲太身上。

「如果沒希望，要不要分手？既然南条小姐是女播報員，職棒選手肯定願意接收喔。」

不過，她現在依然喜歡男友。

咲太陪她聊這種一點都不重要的話題聊了一小時，當成她提供各種情報的回禮。

5

咲太在連鎖餐廳和文香道別之後，獨自走在回家的路上。時間是晚上七點出頭。雖然看不到太陽，但天空依然十分明亮。

行經住家附近的公園，一旁的樹木響起蟬鳴。只有一隻蟬在叫，聲音聽來是油蟬。白天還有很多隻，聲音大得刺耳，現在則是感覺有點悲戚。

咲太停下腳步仰望樹木，卻不知道蟬在哪裡。

「孤獨感啊……」

這句話脫口而出。文香的那番話裡，咲太最在意這個詞。刺入他內心的詞。

如果事情正如文香所說，那麼理央正受到孤獨感的折磨。

「畢竟那個傢伙的個性沒辦法融入女生的小團體文化啊。」

在重視共鳴與同理心的群體，理央的學究作風確實會造成危害。理央恐怕也有這個自覺，所以總是遠離同學們的圈子。

她只和咲太與佑真交談。難道這樣不夠嗎？還是理央在校外抱持孤獨感呢？

「不曉得那個傢伙在家裡是怎麼過的。」

繼續駐足找蟬也沒用，所以咲太朝自家踏出腳步。

直到今天，咲太都沒造訪過理央家，不知道她住在什麼樣的家，甚至不知道是獨棟還是公寓，也不知道她的父母從事什麼行業。

只知道她住在本鵠沼站附近，從咲太家附近的藤澤站搭乘小田急江之島線的下一站。

咲太後知後覺地發現理央的私人情報意外地不為人知。畢竟理央生性不會積極聊自己的事，問她任何問題只會回答必要又明確的內容，所以沒什麼機會在離題時聽到理央私人的事。

「總之到頭來，有什麼事不知道也只能問了。」

光是遠觀不會讓事態好轉。既然這樣，即使會被覺得煩也只能主動介入了。

咲太朝天空打了好大的呵欠，如此心想。

「我回來了～」

咲太打開玄關大門，朝屋內打招呼。

「……」

然而，沒有回應。平常楓總是踩著拖鞋出來迎接，不過咲太即使凝視客廳方向，也感覺不到

楓會探頭露面的跡象。

「睡了嗎？」

咲太脫鞋踩在玄關踏墊上，到洗臉台漱口洗手之後，進入客廳。

正如預料，楓在電視前面和兩隻貓進行遲來的午睡。

「你回來啦。」

廚房傳來聲音，咲太感到疑惑而轉身。

理央站在開火熬煮的鍋子前面。她以湯杓攪拌鍋裡的東西以免鍋底燒焦。

「雙葉，妳在做什麼？」

「煮咖哩。」

「穿這樣煮？」

咲太之所以刻意指出這點，是因為理央穿著白袍。

「我不希望咖哩噴到衣服上。」

「這是能吃的咖哩吧？」

理央外表完全是科學系魔女，面無表情講究邏輯的理性小魔女。感覺可能會在鍋裡加入不妙的藥物。

「我確實依照食譜做的，應該沒問題吧。」

仔細一看，鍋子旁邊擺著一本食譜。是咲太開始和楓共同生活時，買來學下廚的書。最近幾乎沒拿出來看，甚至忘記收到哪裡了。

「對了，麻衣小姐呢？」

楓依然躺在客廳地板上熟睡，麻衣卻不見蹤影。

「她說要在你房間看劇本，還要我轉告你回來之後去房間找她一下。」

「那我順便去換個衣服。」

在家裡穿著制服總是靜不下心，感覺不舒服。

「因為我一回家就想立刻換上居家服。」

「我不需要這種情報。」

理央盯著鍋裡的咖哩冷漠回應。

咲太走到自己房間門口，姑且敲了門。

「麻衣小姐，我要進去嘍。」

也出聲確認。

「……」

沒回應。

因為已經進行既定程序，即使麻衣不小心正在換衣服，應該也不會罵咲太吧。

咲太期待這種令人開心的意外，打開房門。

「……」

立刻就看見麻衣。她仰躺在床上，雙腳和肩膀同寬，以自然的姿勢閱讀手上的劇本。

上半身連帽、下半身稍微過膝的居家服。看得到平常藏在黑褲襪底下的小腿肚裸露出來。

「……」

麻衣表情很正經，徹底研磨的專注力也感染了室內的空氣，營造出緊繃的氣氛。感覺實在無法向她搭話。

總之，咲太不動聲色地進入房間，慎重地關上房門，就這麼跪坐在室內一角待命。麻衣打造的緊張感使他自然變得拘謹。

「……」

麻衣的胸口以固定頻率起伏，證明她在呼吸。加上她頻頻眨眼，看來應該不是睜著雙眼睡著的搞笑結果。

咲太覺得打擾到她不太好，決定自己打發時間一陣子。環視室內，房間整理得很整潔，看來她真的幫忙打掃了。即使是隨手扔在地上的大約三個月前的漫畫雜誌，也整齊擺在桌上。

咲太閒著沒事，於是伸手拿雜誌。如同麻衣在電話裡所說，封面是偶像團體，七名十五六歲的少女綻放笑容。服裝有點硬派，有種搖滾樂團風格的銳利感，搭配偶像要素之後，打造成出色的萬聖節扮裝，看起來有型又可愛。

翻開封面，前幾頁刊登她們的寫真照，加上七人的介紹。這個團體叫做「甜蜜子彈」，標題以閃亮文字印著「今年爆紅的是她們？」幾個大字。

咲太不經意注視其中一人的個人資料。身高與出身地下方的「喜歡的東西」這個項目，有個女生寫「櫻島麻衣小姐」。

名字是豐濱和香，年齡十六歲。其他成員都是黑髮，只有她是金髮，相當搶眼。一般來說，「喜歡的東西」不是應該寫「草莓」之類的嗎？其他六人都是這種感覺。

咲太在意想不到的狀態下仔細看了陌生偶像們的個人資料。他闔上雜誌放回桌上。

再度確認麻衣，發現她美麗的脣微微蠕動。或許是在唸台詞。

「……麻衣小姐？」

咲太等到膩了，試著輕聲呼喚。

「……」

麻衣沒有變化。

「難道說，現在可以盡情做色色的惡作劇？」

「我有聽到啦。」

她的視線終於從劇本移開，投向咲太。

「打擾到妳了？」

「如果我不希望被打擾，就不會在這裡看劇本了。你回來啦。」

「我回來了。」

麻衣闔上劇本起身，重新在床邊坐好。

咲太也坐到她身旁。

「咲太坐地上。」

但麻衣像是指著狗屋般說了。

「我不會偷襲妳啦。」

咲太不情不願地坐在地上。

「經紀人來了嗎？」

如果麻衣有事要找咲太，咲太覺得應該是這件事，所以主動先問。

「來了，不過回去了。」

「事情呢？」

「講完了。畢竟她就是為此過來的。」

說得也是。

看麻衣態度似乎不太高興，咲太隱約可以想像結果。

「經紀人怎麼說？」

「沒要求分手，但叮嚀暫時不要見面。」

這個回應大致符合預料。

「方便小的姑且請教一下原因嗎？」

「畢竟重回演藝圈不久，要避免突然爆出醜聞。就某方面來說，因為剛簽下廣告，也得顧慮到贊助企業。要是被發現有男友，產品給人的印象可能會和我的形象一起變差。」

「原來麻衣小姐交男友，運動飲料的銷量就會下降啊……真厲害呢。」

不過，感覺運動飲料應該幾乎不會受到影響……

「如果是和男性偶像團體的帥氣成員交往導致粉絲抱怨，或是和已婚男演員外遇，那我還可以理解……但如果光是和高中學弟，而且是這種平凡的男生交往就會影響我的形象，這個世界真的沒救了。」

「哎，這我有同感。」

「涼子小姐或許誤以為我是禁止戀愛的偶像吧。」

麻衣斜眼朝咲太剛才看的漫畫雜誌一瞥。

「這位『涼子小姐』就是經紀人？」

「對，花輪涼子小姐。她說自從小時候被取『荷士登』這個綽號，她就討厭這個姓氏。」

花輪。鼻環。荷士登。（註：「花輪」與「鼻環」日文音同）

取這個綽號的肯定是笨男生，但咲太不討厭這種品味。

「話說在前面，涼子小姐很苗條。」

「我什麼都沒說吧？」

因為這個綽號，咲太腦中浮現波霸女性的剪影。這一點還是瞞著她吧。

「但她說這樣也很諷刺，讓她更討厭。」

「她多大？」

「……」

麻衣突然沉默，投以瞧不起人的視線。

「我是問年齡啦。」

咲太終究不會問胸圍。

「進公司第三年，二十五歲。」

「所以，二十五歲花輪小姐的這番叮嚀，麻衣小姐答應遵守嗎？」

「這不是我個人可以決定的問題，所以保留了。」

「意思是……這是我與麻衣小姐的問題？」

「對，這是兩人的問題吧？」

這句話聽起來好悅耳。兩人的問題。

雖然這麼說，但是這個問題的答案從一開始就決定了吧？怎麼想都只有一種選擇。

麻衣就是知道這一點才會心情不好。

「暫時避嫌也是在所難免吧？」

沒有其他的選擇。

所以，咲太認為只要說出這句話就可以結束這段對話。

「『在所難免』是怎樣？」

麻衣臉上的表情消失，音調也完全反映內心。

直到剛才，麻衣的煩躁情緒都是衝著事務所與經紀人，現在卻抵在咲太喉頭。

雖然平靜卻真正動怒時的氣氛。

「咦？麻衣小姐為什麼生氣了？在氣我？」

要是正經地承受將會真的吵起來。如此心想的咲太誇張地做出受驚的反應。

緊接著，麻衣改變氣氛，裝模作樣地瞪過來。

「不准逃避。」

雖然恐怖，但是不恐怖。變成帶有玩心的生氣方式。

「這是戰略性撤退。」

「神經真的有夠大條。」

「我原則上不打沒勝算的仗。」

「滿口謊言。明明有必要的時候就會戰鬥。」

「聽妳這麼說，我其實挺帥氣的耶。」

「不准自己講。」

麻衣捲起劇本輕敲咲太腦袋。

「好痛！要是我就這樣開竅感受到奇怪的快感，就要請麻衣小姐負責喔。」

「……」

「對不起，我開玩笑的。」

「即使暫時見不到我，你也不在乎嗎？」

「仔細想想，我們最近也幾乎沒見面吧？」

「居然在這種狀況講這種話。」

麻衣瞇細雙眼瞪過來。這樣很恐怖，所以咲太正經地回到正題。

「其實我非常不願意。」

「……」

「哎，不過，經紀人說得沒錯，妳重返演藝圈沒多久，所以暫時當個優等生，周圍的觀感也會比較好吧？」

「無聊的中肯論點。」

麻衣嘴裡這麼說，內心似乎已經決定答案了。恐怕她也是一開始就知道會變成這樣。但她還是確實依照程序，將這件事視為兩人的問題，選擇和咲太討論下去。

兩人達成共識的這時候，房門緩緩打開。楓從門縫窺探室內，看來從遲來的午覺醒來了。

「哥哥，你回來啦。」

「我回來了。」

「哥哥和麻衣小姐講完了嗎？」

「講完了。」

「那麼，理央小姐說現在是吃咖哩的時間。」

「不是吃晚餐的時間？」

「啊，好香。」

如麻衣所說，香料的香味飄進房內。

理央做的咖哩是慢火熬煮的正統做法。

「雙葉，妳會成為好太太耶。」

「咖哩這種東西，誰做都是相同的味道。」

理央毫不害羞，大概覺得這沒什麼吧。

「但妳的製作過程看起來像是在做實驗。」

廚房出現咲太鮮少使用的量匙與電子秤。輕易就能想像理央把調味料當成實驗用的藥品，以毫克為單位計量。

感覺沒看這個場面是對的。何況理央穿上白袍代替圍裙，咖哩吃起來似乎會是藥味。

四人圍著桌子吃完晚餐之後，咲太和麻衣一起外出，送她回家。兩人搭電梯到一樓，來到公寓前方的道路。

俯視咲太與麻衣的天空終究變暗了。現在時間超過八點半。即使如此，幾乎無雲的夜空依然讓人覺得是深藍色。

麻衣住在正對面的公寓，所以不用一分鐘就抵達了。

兩人在電子鎖大門前方不遠處停下腳步。

「麻衣小姐，晚安。」

「嗯，咲太，晚安。」

「那我走了。」

咲太輕輕舉手示意，轉身準備離開。

「……啊，等一下。」

麻衣在咲太身後輕聲叫住他。

「要來個臨別的擁抱？」

「……」

「咦？我說中了？」

「不是啦……不過也沒錯。」

如此回應的麻衣頻頻在意周圍。

「麻衣小姐？」

「接下來，有一段時間見不到面喔。」

「說得也是。」

如果麻衣問咲太能否接受，咲太很難回答「可以」。即使如此，這是他和麻衣討論之後決定的結果。

「說不定，要等到第二學期開學才能見面。」

「那麼，我會趁這段期間找到校內人跡罕至的好地方。」

「現在你就不在乎嗎？」

「咦？」

「你不在乎就這樣道別嗎？」

麻衣揚起視線誘惑咲太。即使略微嬌羞地低頭，視線依然朝向咲太。

「那個……」

先移開視線的人是咲太。他不經意地確認通往車站的道路與周邊的狀況。

「沒有行人。」

麻衣搶先告知。咲太背脊發涼。

「也沒有可疑的車子停在附近。」

不用擔心被路人看見，而且也沒有狗仔之類的業界相關人士。

麻衣都這麼說了，咲太無法退縮。應該說他不可能退縮。

咲太雙手輕輕搭在麻衣肩膀上。

「……」

「……」

四目相對數秒，咲太將臉湊過去，麻衣隨即輕輕閉上雙眼。這已經是反射動作了吧。麻衣縮起身體、收起下巴；咲太稍微蹲低，像是要偷看麻衣的臉蛋般得到了她的唇。

「嗯……」

麻衣的鼻子發出誘人的聲音，溫熱的氣息拂過臉頰，莫名酥癢。咲太將注意力集中在嘴脣，甚至忘記呼吸，在感到難受時離開麻衣。

麻衣若無其事地看著咲太，但她沒藏起自己殷紅的臉頰。

「……」

「……」

「講……講點話啊。」

「感謝招待。」

「笨蛋。」

這句話聽起來像在掩飾害羞。

「那麼，我想再來一次。」

「真的是……笨蛋……」

這次這句話正如字面的含意，麻衣不禁傻眼，全身嬌羞的氣息一下子變稀薄了。剛才那樣真是敗筆。

「後續就改天吧。」

「咦～～剛才那樣已經點了火，我不可能忍得住啦。」

「又不是發情期的猴子，給我忍。」

「是麻衣小姐讓我變成精力旺盛的猴子喔。」

「我不要猴子當男友。」

「我明明是回應麻衣小姐的央求……」

「沒……沒人做那種事！」

麻衣狠狠一瞪。

「是這樣嗎？」

「是的。」

「剛才的麻衣小姐明明超可愛的……」

「講這種話也沒用。因為你一下子就會得寸進尺。」

「……」

「露出死魚眼也沒用。」

「我自認這是被拋棄的幼犬的眼神……」

「你的演技天分是零，應該說是負的。」

講得好過分。

「那麼，晚安。」

「……」

咲太嘗試無言抵抗。

「咲太，要回應『晚安』，對吧？」

語氣像是在教育小孩。

「晚安。」

「我會打電話給你。」

「耶～～好期待喔～～」

「唉……」

麻衣誇張地嘆了口氣。深深的嘆息。

「只有今天讓你任性一次哦。」

麻衣迅速說完，朝咲太接近一步，挺直背脊，溫柔地吻了咲太的脣。只是短短的碰觸。

「這樣，下次就沒有了。」

「咦？是這種制度？」

「沒錯。」

麻衣戲弄咲太之後露出滿足的笑容，跳舞般轉身進入公寓，背影立刻消失。

「糟糕，精力更旺盛了。這種心情該怎麼處理啊……」

不過，不能老是迎接發情期的到來，不能這樣。今天還有事情要做。

咲太必須回家和理央討論重要的事。

「雙葉的事，可以留到明天嗎……應該不行吧……」

咲太如此心想，轉身回家。

6

送走麻衣的咲太回到自家一看，楓正在洗澡。理央坐在餐桌旁看精裝書。大概是小說。

咲太原本打算回家之後整理廚房，但廚房已經變乾淨了。用過的餐具與鍋子放在瀝水籃，吃剩的咖哩裝進保鮮盒，放入冰箱冷凍庫冬眠。

「雙葉，謝啦。」

「嗯。」

理央專心看書，只有輕聲回應。

「明明只是送她回去，卻拖好久啊。」

接下來這句話莫名耐人尋味，但理央似乎沒有別的意思，聽起來只是在單純述說事實。

「在看什麼？」

「你妹妹說很好看，就借我了。」

理央拿起書讓咲太看書背。書名是《裸體王子與不悅的魔女》，作者是「由比濱栞奈」，楓強力推薦的作家。

咲太也被楓推薦看了這個作者的好幾本作品，卻不是很著迷。很多故事的結尾不了了之，看完感覺不是滋味，不太舒坦。不過照楓的說法，她推薦的原因似乎不是這個……

「那本也是愈看愈煩躁嗎？」

「嗯？不會……到目前為止的劇情，是一個不起眼的女生第一次交男友而樂不可支。」

光是聽她說就覺得內容似乎很陽光。

「這個男友感覺挺受女生歡迎……所以女主角煩惱『平凡的我是否有資格當他的女友』，只要漂亮女生接近她男友，就覺得『那個女生肯定比較合適』而陷入自我厭惡，逕自感到不安。但她不夠坦率，將這份不安發洩在男友身上。」

說明得相當具體。而且，這本書講的似乎是一個相當麻煩的女生。

「那本書有趣嗎？」

咲太回以單純的疑問。

「有趣啊。她自視卑微的個性，讓我感同身受。」

「這樣真的有趣嗎……」

「因為女生是共鳴與同理心的生物。」

明明理央自己也是女生，卻像是置身事外般分析。以這麼客觀的角度掌握自己，真的可以從小說得到樂趣嗎？咲太感到疑問。

「楓洗好了，暖呼呼的。」

咲太從冰箱取出運動飲料遞給楓。

「楓冰涼涼的！」

「雙葉，妳先洗吧。」

「……」

理央終於從書本上抬起視線，侮蔑的視線透過眼鏡刺在咲太身上。

「我就明講吧，我不打算用雙葉泡澡熬出的高湯做任何事。」

「梓川。」

「妳明白了嗎？」

「你講出『高湯』這種字眼就該死。」

「……那我先洗了，可以吧？」

「可以啊，畢竟現在劇情正好看。」

理央的眼睛追著文章上下移動。

「現在是接吻橋段？」

「是她露出像是看著路上滿地嘔吐物的眼神，調教男友的橋段。」

看來是超乎想像，令人深感興趣的橋段。

「好像很好看。看完也借我吧。」

咲太說著前往浴室。

脫光衣服，首先以臉盆裡的熱水往頭頂沖，接著在海綿加上沐浴乳搓出泡泡刷洗慣用手。這是一如往常的模式。然後以慣用手拿海綿刷洗全身，刷完後簡單沖掉泡沫，接著洗頭，最後是洗臉。拿蓮蓬頭將全身上下沖洗乾淨之後泡澡，大約十秒就起身。

「雙葉，浴室可以用了。」

「你只是過個水而已吧？」

「夏天很熱。」

到了冬天還是會洗久一點。

理央在書裡夾上書籤。「那麼，我就借用浴室了。」她說完進入更衣間並關緊門。不過這個家的門，除了玄關大門與廁所門之外都無法上鎖。

隔著門板，隱約聽得到衣服的摩擦聲。一直偷聽也很噁心，所以咲太坐在電風扇前面，按下開關，將火熱的身體吹涼。

「我～～是～～外～～星～～人～～」

一時鬼迷心竅，朝電風扇講話模仿外星人，卻莫名覺得空虛。

大約納涼五分鐘之後，咲太起身前往理央正在洗澡的浴室。

打開更衣間的門，浴室傳來「喀噠」的輕微聲響。似乎是臉盆摩擦地面的聲音。

毛玻璃門的另一側，看得到女生的剪影。似乎正背對著門洗身體。

「雙葉，方便問一下嗎？」

「我也可以問一下嗎？」

「嗯？」

「為什麼動不動就在我洗澡的時候找我講話？」

「因為隔著一扇門的後面有光溜溜的女生會讓我興奮。」

「……」

「有些事不要面對面比較好講吧？」

「這是怎樣？」

理央傳出稍微警戒的動靜，不過停止的手依然再度動起來，為全身抹上泡泡。

咲太避開門前，坐在更衣間地板上。他接下來要講的事沒那麼快講完。

「雙葉，妳住在什麼樣的家？」

「這是在問什麼？」
疑惑的反應。咲太不以為意，繼續問下去。
「公寓？獨棟？」
「獨棟。」
「大嗎？」
「算大吧。」
「莫非……妳家很有錢？」
「或許吧。」
理央乾脆肯定的語氣聽起來不像是在聊她自己。有錢的不是我，是我的父母。感覺她抱持這種態度。
「妳爸媽做什麼工作？」
「父親是醫師。」
「真的假的？」
「用不著驚訝吧？」
「所以妳家是醫院？」
「不是開業醫師，是在教學醫院上班。」

「會有派系鬥爭嗎？」

「好像會。」

「真厲害耶。」

浴室傳來沖洗身上泡沫的嘩啦啦水聲。連續傳來一陣子之後，理央的剪影泡進浴缸。

「母親呢？」

「經營進口品牌的服裝店。」

「所以是社長吧？」

「應該是吧……所以，你想說什麼？」

冷靜的詢問。從態度來看，咲太覺得理央已經察覺到他得知關於她的一個祕密……

「你從『冒牌貨』那裡聽到了什麼？」

「過程有點複雜……」

她終究沒想到沙希會介入吧。

「但我知道妳做了什麼事。」

「是喔。」

反應只有話語，沒加入情緒，聽起來像是自言自語。

「……」

「……」

「那個帳號，是暑假前註冊的。」

理央停頓片刻，開始慢慢述說。

「可是，我不知道該寫什麼。」

講得像是小學生的作文。

「寫什麼都好吧？例如現在愛上名草有主的爽朗帥哥。」

「素昧平生的人看到這種留言會開心嗎？」

「女生是共鳴的生物吧？」

「反正只會當我是噁心的女生，罵我『醜女不要得寸進尺』。」

「想法真卑微啊。」

至少咲太從來不認為理央是醜女。即使曾經覺得她不起眼，但這個部分肯定也是她的魅力。

「我的神經沒有大條到會當著全校學生的面，向家喻戶曉的漂亮女星表白。」

「妳做過更大膽的事吧？」

「……」

「我們的交情明明一年多了，卻也沒給我看過那麼深邃的乳溝。」

「我沒理由幫你養眼。」

「既然給誰看都好，給我看不是也好嗎？」

「梓川你真的是笨蛋耶。」

「麻衣小姐也這麼說我。」

而且語調幾乎一樣……

「我實在搞不懂耶。妳平常戒心不是很重嗎？」

「……我真的討厭你觀察入微的這一面。」

「不，是妳太好懂了。」

畢竟裙子比其他學生長，上衣也總是連第一個釦子都扣好。學校靠海，很多女生在夏天不穿背心上學，她在校內卻還穿上白袍。不只是長袖，衣襬也很長，所以腿部大多沒外露。

「所以你明知如此，還是對我性騷擾。」

「我一直注意別跨越妳真的會厭惡的界線。」

「性格爛透了。」

「那麼，你就是討厭這樣的我才想上網交友？」

「是嗎……感覺不太對。」

「不是這樣？」

「或許更單純……只是希望有人理我吧。」

理央自嘲般說了。態度很自然，完全沒有賭氣的感覺，一如往常地平淡。

不過，這反而令咲太不安。如果理央是基於某種明確的契機開始上傳自拍照，那還比較好懂，實際上卻不是這樣。是每天鬱悶的情緒累積使然。沒發生任何戲劇化的事件，是在日常生活發生現在這個狀況。

鬱悶、忿恨的心情一點一滴儲存在內心的杯子，終於滿溢而出。咲太覺得她是這種類型。感覺內心緩緩、緩緩地逐漸被侵蝕，所以咲太完全沒發現理央這份心情。

「一開始就上傳清涼照，太奸詐了吧？」

「我只有這個啊。」

「反倒是在這方面有自信嗎？」

「……別說自信，我只覺得自卑。」

如果不是這樣，就無法理解她戒心為何這麼重。

「從國中時代……我的女性特徵就比同學發育得快。我知道那些跟猴子一樣的男生是用什麼眼光看我。」

「像是『雙葉的胸部超殺』之類的？」

「他們真的就是這樣講。」

咲太也經歷過跟猴子一樣的男國中生時期，所以非常清楚。他覺得現在也和那時候差不了多少。對女生的身體充滿興趣的年紀；因為制服上衣透出胸罩線條就樂不可支的年紀。班上少數發育特別好的女生會集中承受這種感興趣的視線，在理央班上，這個人應該就是理央。

「某天放學後，輪值打掃的我倒完垃圾回來，聽到留在教室的男生在聊我……我就討厭這個身體了，覺得自己很髒……」

大概是因為多愁善感，青春期受到的打擊會跟著自己很久。某些事即使只發生一次，也會一直留在心裡，影響到後來的生活方式。不過當時連這種事都不曉得……

「這真是抱歉啊。」

「為什麼你要道歉？」

「我代表那些跟猴子一樣的男生跟妳道歉。」

浴室傳出稍微鬆懈下來的笑聲。

「在那之後，我就禁不住男生的視線。」

這樣咲太就明白來龍去脈了，卻變得無法解釋理央現在為何要做這種事。

「但妳卻上傳那種照片？」

感覺完全朝反方向走。雖說沒拍到臉，討厭男生視線的理央卻上傳遊走在尺度邊緣的照片。

「因為那麼做會有反應。」

「色情大叔喜歡妳，妳會開心？」

「能夠挑選對象的人只限於魅力足以挑選對象的人，並不是所有人都以自己期望的形式被別人需要。」

「我可不想聽這種真相。」

「無論對方是誰，光是有反應，我就感覺得到救贖了。」

「妳這種說法，等於在說這不是妳期望的形式喔。」

「或許就是因為這樣吧。我覺得到最後，我無法拋棄受到注視的厭惡感……在相反的目的與手段之間感受到強烈的壓力，導致我的意識分離。只要這樣想，某些部分就可以接受。」

真是冷靜的自我分析。

「換句話說，妳分離成『希望有人理會的雙葉』以及『不准用這種手段吸引別人注意的雙葉』，是這樣嗎？」

咲太也覺得自己語出驚人。不過簡單整理之後，理央剛才的說法肯定就是這樣。

「我不認為分離的方式這麼明確……不過這個解釋的方向是對的。」

「這樣啊……」

咲太仰望天花板，日光燈有點閃爍。要換成ＬＥＤ嗎？不過很貴耶……這個無關的想法一度介入思緒，但是立刻消失。

「另一個雙葉好像還在繼續上傳自拍的特寫喔。」

「我知道，因為我在網咖監視。原本想砍掉整個帳號，但是密碼被換掉了。」

「該怎麼做？」

「什麼都做不了。」

死心般的聲音。

「這是怎樣？」

「她也是我，所以我懂。她不會輕易收手。如果輕易就收手，一開始就不會這麼做。」

「沒人說輕易就能讓她收手吧？」

「……」

「雙葉，妳想怎麼做？」

「可以的話，希望她收手。」

「知道了。交給我吧。」

咲太沒想到任何方法，也不覺得另一個理央會被他說服。理央說得對，如果會輕易收手，肯定從一開始就不會這麼做。

不是在講道理。如果講道理就能了事，咲太覺得理央比他更適合處理這個狀況。

因為不是這樣，才會變成這種事態。

「嘿咻。」咲太使力起身。

「梓川？你想怎麼做？」
「我明天也去學校一趟。」
「去做什麼？」
「找她閒聊。」
「然後呢？」
「後天也去學校一趟。」
「原來如此……所以，要繼續找她閒聊？」
「應該是這樣。」
「這做法真麻煩耶。」
「因為就算邀妳去海邊，妳也絕對不會來吧？」
「我百分之一百二十會拒絕。」
這句話具備充分的說服力。既然理央這麼說就肯定沒錯。
「你說得對，有些事不要面對面比較好講。」
咲太假裝沒聽到她最後這句話，離開更衣間。有增無減的問題令他頭痛不已……

第二章

友情是時速四十八公里

1

隔天八月四日，星期一，天氣晴。

咲太到陽台晾衣服，發現一大朵純白的雲從西方天空飄向東方。風微微吹，太陽灑下耀眼的光輝。看來今天也會很熱。

時鐘顯示時間是上午十點。以往門鈴會在這個時間響起，這天卻沒響。取而代之的是家裡電話響了。

「來了來了。」

咲太對黑白液晶畫面顯示的號碼有印象。090開頭的十一位數。是翔子的手機號碼。

「喂，梓川家。」

『早安，我是牧之原。』

「早安。」

『那個……對不起。』

她突然道歉。

「嗯？」

『今天，我沒辦法過去了。』

大概是有事吧。翔子聲音消沉，咲太有點在意。雖然對話簡短，但她明顯沒精神。

「這樣啊。我會記得餵疾風的。」

『好的，謝謝。所以，那個……』

「嗯。」

『不只是今天……接下來一個星期左右，我大概都沒辦法過去，或許會更久。』

「要出國旅行嗎？」

不過這種說法很奇怪。翔子剛才說「一個星期左右」以及「或許」。看來計畫還沒定案。

『不，不是旅行，不過我必須離開家裡一段時間。』

除了旅行，還有什麼事必須暫時離家？

「……」

咲太思考片刻，浮現在腦海的答案只有一個。咲太也經歷過「那件事」一次。但咲太沒想過要向翔子確認是不是「那件事」。

翔子從剛才講話就顯然在慎選言詞，至少目前不希望咲太知道吧。咲太沒必要刻意詢問翔子令她為難。

「知道了，等妳可以過來再聯絡我吧。我會負責照顧疾風。」

『好的，對不起。』

電話另一頭傳來女性呼喚「翔子」的聲音。大概是母親吧。『我現在過去。』翔子回應。

『那麼，之後再聯絡了。』

翔子直到最後都維持有點消沉的態度掛掉電話。咲太也放下話筒。

「楓～～」

「什麼事？」

在餐桌上用功的楓開心地看向咲太。

「牧之原小妹這陣子不能過來，疾風交給妳照顧喔。」

「好的，交給我了！」

楓努力挺起沒料的胸口。

後來，咲太稍微提早吃了午餐，換上制服之後前往學校。

「真的要去啊。」

穿著制服的咲太走出房間時，理央從走廊搭話。那須野在她腳邊嬉戲，已經很黏她了。

「雙葉也要來嗎？」

「我別去才是明智之舉。」

「為什麼？」

「不是有一個『生靈』的都市傳說嗎？遇到和自己長一樣的人，過沒多久就會死掉。」

「嗯。」

「以量子隱形傳態的觀點來看，不可能出現雙方同時確定存在的狀態……姑且是這樣。」

「站在這個假設的立場，如果兩人齊聚一堂，妳覺得會怎麼樣？」

「為了修正矛盾，其中一邊將會消失……或是悖論瓦解，雙方都不見？」

這一點都不好笑。

「甚至有傳聞說，得到知名文學獎的某個作家就是這樣死掉的……『生靈』或許是某些人和現在的我有相同體驗而留下的真實經歷。」

實際上，記得這個作家也在故事裡寫過遇到生靈的角色。咲太回想起在都市傳說流行的小學時代，班上同學熱烈討論這些傳說的可信度。

「所以，我別去才是明智之舉。」

「那麼，麻煩妳看家了。」

咲太走到玄關穿鞋。

「我會準備晚餐。」

「感覺好像在同居耶。」

咲太自認是打趣這麼說，理央卻露出由衷厭惡的表情。

「這是今天第二次。」

第一次是在今天早上。理央說要當作借住的謝禮而幫忙洗衣物。她意外熟練地攤平衣物的皺摺，從她自然的動作就知道她平常都是自己洗衣服。

「感覺好像在同居耶。」

理央在晾咲太的內褲時，咲太對她這麼說。

下一秒，理央將內褲扔到咲太臉上。

「如果再穿上圍裙迎接我就完美了。」

「這樣不是同居，是新婚。」

「啊，對喔。」

「這種遊戲去找櫻島學姊玩。」

「這點子真棒。」

咲太回想著麻衣穿圍裙的樣子，走出家門。

悶熱的夏季空氣，而且豔陽高掛。咲太看著柏油路面的海市蜃樓，走在一如往常的通學路。

十分鐘後，他汗流浹背地抵達藤澤站。走上階梯穿過連通道，筆直前往江之電藤澤車站。

咲太穿越驗票閘口來到月臺，綠色加奶油色的電車正好進站。從正面看是一張討喜的臉，這種復古的氣氛很棒。即使在炎炎夏日，電車依然辛勤地將乘客從藤澤載往鎌倉。

咲太進入空調夠強的涼爽車內。坐在空位冷卻身體時，某個熟人從旁邊的車門上車。

峰原高中的夏季制服。深藍色裙子、白色女用襯衫、米色背心，連上方也確實打好的領帶是紅色的。是學校建議的女性標準服裝。實際上按照標準穿衣服的學生不多。

「……」

理央和咲太目光相對，默默坐在他身旁。

通知發車的鈴聲響起。一群女大學生在最後匆忙上車，車門不久之後關上。電車慢吞吞地從月臺起步。

「知道什麼事了嗎？」

理央看著車外的景色詢問。

「我知道妳脫了會很傲人。」

「……」

「但我早就知道，妳不脫也很傲人。」

在這時候看她的胸部肯定會挨罵，所以咲太也學理央注視窗外景色。斜眼一看，發現她今天也綁起頭髮、沒戴眼鏡。應該說，或許是因為眼鏡被另一個理央戴走，所以這個理央沒得戴。

「原來你是來找我說教，要我別做蠢事啊。」

「怎麼可能。好麻煩。」

「那麼，你是來做什麼的？」

「沒辦法和麻衣小姐約會，我閒得發慌，所以想說和妳一起消磨時間。」

「……」

理央思索片刻。

「原來如此，你是來做更麻煩的事。」

咲太沒回答，注視理央的臉。

「什麼事？」

「除了上傳的那些，還有拍別的照片嗎？」

「有啊，怎麼了？」

「給我看。」

「……」

理央將厭惡感顯露在臉上。

「事到如今，只是給我看應該沒關係吧？」

咲太稍微挑釁之後，理央默默遞出智慧型手機。

打開照片資料夾，預覽畫面列出滿滿的照片。

「真的有耶……」

數量超過三百張。咲太想像中的十倍。

不過，並不是直接和情色劃上等號的火辣照片。某些照片只拍手心，也有一些照片只拍趾尖，甚至還有書包內容物的照片。

以時間排序往回看，發現了身穿陌生制服的理央。深藍色的西裝制服、及膝的裙子。表情比現在還稚嫩，頭髮也很短。不過咲太覺得肯定是理央本人。

「這是？」

咲太讓理央看畫面確認。

「國中時拍的。」

所以她從這時候就開始自拍了。根深柢固。

「拍臉或全身的照片也不少呢。」

愈舊的照片愈有這種傾向。愈新的照片愈少拍臉，相對的，露出內衣線條或肌膚的豪放要素增加。

「剛開始，我不打算給別人看或是上傳到網路。」

「類似自己專屬的相簿？」
「想把我當成自我感覺良好的女生？」
「妳已經自我感覺良好了吧？」
「或許吧。」
理央自嘲般露出笑容。咲太覺得這種笑法很討厭，不希望理央露出這種表情。
「開始自拍的那時候，應該只是想客觀看著這樣的自己，覺得自己在做蠢事。」
「這麼做是為了什麼？」
「為了確認自己的蠢樣，讓自己舒坦。」
「……」
咲太愈來愈聽不懂理央在說什麼。
「要形容成『自我分析』很滑稽，但我覺得這是一種自殘行為。」
理央說出的話語和滑稽搭不上邊，不過自己這麼說確實滑稽。因為事實上，理央自覺這一點卻繼續這麼做，而且確實逐漸做得過火。
「你或許無法理解，不過……我討厭我自己。」
「另一個雙葉也說過這句話。」
起因是自己身體的發育。另一個雙葉說，她目睹男生對她的發育起反應，覺得自己很髒，後來變得討厭自己身體的女性特徵。

「所以我敢傷害自己。因為我討厭自己。」

「親自除掉這個討厭的自己，即使只是一瞬間也會覺得舒坦。這就是妳的意思？」

「梓川真聰明，人不可貌相。」

「不過，除掉的自己依然是自己吧？」

所以，到最後還是沒能解決任何問題。經過一段時間回神之後，就會察覺這個理所當然的事實。回顧自己的行為，厭惡自己的軟弱，然後更討厭這樣的自己，為了折磨自己而再度做相同的事。行為逐次變得失控、變得激烈。

這個負面循環持續搖晃理央的心，導致極度不穩定，結果就是現在這樣。思春期症候群發作，意識分裂……陷入「有兩個理央」的狀況。

理央內心大概懷抱著「無法維持為單一個體」的矛盾吧。

咲太不打算說自己可以理解，不過只有一件事讓咲太內心也有共鳴。

當時國一的楓遭到班上同學霸凌的那時候，咲太面對在眼前痛苦掙扎的楓卻束手無策。那時候在內心萌芽的無力感與沒出息感沒有朝外宣洩，而是從內側侵蝕咲太。

咲太不斷被覺得自己丟臉的心情折磨，持續自責。這樣的日子到最後，咲太的胸口被刻上三條深深的爪痕。若要為這些傷找理由，咲太覺得只會是他對自己的懲罰，身為哥哥卻幫不了妹妹

的罪惡證明。

「梓川……」

理央的聲音令咲太抬頭。

「嗯？」

「你站在哪一邊？」

「我站在雙葉理央這邊。」

咲太毫不猶豫立刻回答。

「真會耍小聰明啊。」

「好厲害，架子擺這麼高？」

「不過，『我們』無法相互理解。」

「別講得這麼任性啦。」

「你也講得不留情面啊。」

「我生性不會對朋友客氣喔。」

雖然感覺難為情，但咲太刻意說出「朋友」這兩個字，因為他知道理央絕對會起反應。然而，理央輕輕一笑帶過。

「那麼，我也不客氣地明講吧……你放棄其中一邊比較快喔。」

「別講得這麼恐怖啦，我都快尿出來了。」

「既然你講這種話，就代表你確實明白吧？」

電車停下來了。抵達的是七里濱站。

「這個世界，不需要兩個雙葉理央。」

理央發出隱含冰冷氣息的聲音，接著她先行起身下車。

發車的廣播很快就傳入耳中。

「……」

咲太還在思索如何回應時，車門就關上了。電車載著咲太再度開始行駛。

「拜託別講得這麼恐怖啦，我真的快尿出來了。」

坐在旁邊的女性不經意和咲太拉開距離，大概是聽到他這段自言自語吧。

「我開玩笑的。」

兩人的距離當然沒有拉近。

咲太原本想在下一站稻村崎下車，卻不經意就這樣一直搭著電車到終點站鎌倉。

接著同樣不經意走出車站，隨便挑一間店走進去，買了五片裝的鴿子餅。這是代表鎌倉的伴手禮，製作成鴿子形狀的甜餅乾。對於出生就一直是神奈川縣民的咲太來說，是和燒賣一樣熟悉

的食物。
咲太單手提著伴手禮回到車站。他決定乖乖搭江之電回頭。
這次確實在學校所在的七里濱站下車。
雖然稍微繞了點路，不過咲太比預定時間晚四十分鐘左右平安抵達學校。

「這是伴手禮。」
咲太到物理實驗室露面，將鴿子餅的黃色手提紙盒放在理央做實驗的桌子上。
「你做了什麼？」
「去鎌倉。」
「是喔。」
理央雖然一副興趣缺缺，依然伸手拿起紙盒。她似乎剛泡好咖啡，所以要拿來當茶點。看來理央習慣從尾巴開始吃。
習慣從頭開始吃的咲太也拿起一片餅乾送進嘴裡。
「決定要選哪一個我了嗎？」
「我說啊，雙葉……」
「什麼事？」

「這種事妳自己決定啦。」

「……」

「自己的事應該自己決定吧？」

「原來如此，真中肯。」

咲太從桌下拉出圓凳坐下。為了消磨空檔，他拿起桌面一角的電視遙控器，按下電源鍵。黑板旁邊，吊掛在天花板的液晶電視開啟。映在畫面上的是日間綜合談話節目。

某個熟悉的人物正在採訪某座海水浴場沙灘舉辦的沙雕大會。手持麥克風看鏡頭的是女播報員南条文香。看來她今天出外景。

『各位觀眾，請看這個壯觀的作品！』

她以略微興奮的聲音炫耀般展示沙雕。占滿整個畫面的是西班牙巴塞隆納那座赫赫有名的聖家堂，而且十八座塔全部完工。完美形態。正如文香所說，非常壯觀。

成品水準和其他參賽者的作品截然不同。

『這兩位就是製作者。』

文香介紹一組男女搭檔。兩人大概都是二十五歲左右。男方是身材高瘦的型男，眼鏡給人知性的印象，不怕鏡頭，露出燦爛微笑；女方身材嬌小，臉蛋可愛，而且身材超群，即使泳裝外面套了一件T恤也看得出來。紅色比基尼透光可見的胸口像是嫌擁擠般隆起，短T恤下方露出結實

健康的水蛇腰。

身高大概和理央差不多。咲太不經意想要比較時，和理央目光相對。

「我沒那種腰身。」

被讀心了。但是反過來說，也可以解釋為理央承認自己除了腰身，其他都和她差不多。或許理央脫掉衣服會比咲太想像的還要傲人。

『兩位是男女朋友嗎？』

文香在電視上詢問。

『南条播報員本人比電視上漂亮耶。』

男性無視於這個問題這麼說了。不過，當文香眉頭瞬間一顫，他就隨口回答：

『順帶一提，她是我老婆。』

女性立刻展現左手無名指上的閃亮戒指，還自己發出「滴鈴～～」的音效……

『兩位很年輕，是新婚嗎？』

文香繼續詢問。

『不算喔。因為我們十八歲就結婚了。』

男性不知為何看向遠方。既然是十八歲結婚，兩人應該發生過很多事吧，或許他在回憶當時的辛苦。咲太明年也要十八歲了，但目前聽到「結婚」這個詞只覺得和奇幻用語差不多。

『十……十八歲就結婚，好厲害喔。』

出乎意料的回應使得文香有些為難。

『那麼，聽說這個作品幾乎是太太獨力完成的，請問有哪個過程特別辛苦嗎？』

『二十三日，我也會參加鵠沼海岸的大賽喔～～！在那裡和我握手！』

麥克風朝向女性，她便無視於現場氣氛，突然亢奮地這麼說。完全聽不懂她在說什麼。

不只如此，她還喊著「嘎喔～～」接近攝影機。男方……也就是丈夫從後方架住她，兩人從鏡頭消失。

『……』

文香目瞪口呆，但她立刻重振精神。

『把現場交還給棚內～～』

她說完以笑容掩飾過去。氣氛變得微妙的攝影棚內，主持人說「接下來進廣告」帶過。

畫面切換之後，這次映出咲太熟悉的人物。是麻衣。洗髮精的廣告。柔順美麗的秀髮散開來，接著充滿彈性地束在一起。「每日滋潤，有彈性」的旁白一放，麻衣就在鏡子前面露出有點難為情的微笑。美麗與可愛共存，破壞力超群的表情，看再多次都令人目不轉睛。大飽眼福。

改播其他廣告時，咲太拿起桌上的扇子移動到窗邊。大概是空調設定的溫度不低，室內有點熱。他拿扇子為自己搧風。

往戶外一看，豔陽高照的天空下有五個人影在操場跑步。獨自帶頭跑在前面的是佑真。看來是籃球社的社員。

「我說雙葉……」

「什麼事？」

「妳認為要怎麼做才能恢復為一個人？」

咲太就這麼看著戶外，突然詢問。

——這個世界，不需要兩個雙葉理央。

理央自己說的這番話從剛才就一直留在咲太耳中。上傳遊走在尺度邊緣的照片也是問題，但思春期症候群同樣不能置之不理。

「無法恢復。」

「既然妳說原因是意識分離，那麼只要意識合而為一就能恢復嗎？」

「……或許吧。」

理央死心般不負責任地回答。

「所以該怎麼做？」

「至少現狀是愈來愈分離吧，因為兩人各自在做不一樣的事。既然記憶與經驗分散，我不認為可以恢復為單一個體。」

「講更樂觀的意見給我聽吧。我快要胃穿孔了。」
「那麼，只要兩人抱持相同的心情，或許就可以吧？」
「比方說喜歡國見喜歡得不得了？」
「……」
理央回以冰凍的沉默。要是現在轉身，肯定是冰冷的視線在等著咲太吧。所以咲太不轉身。
「我認為在我以及另一個我的心中，這份情感是一致的。」
「那麼，恢復為一個人吧。」
「既然這樣還無法恢復，大概需要更強烈的意識吧。」
「在妳心中，哪件事比國見的事更執著啊？」
至少咲太想不到。
「不知道。」
要是理央也放棄，那就束手無策了。
感覺像是面對一個無解的問題。
表情也變得不悅，只好吃鴿子餅乾轉換心情。
咲太將最後剩下的尾巴部分扔進嘴裡。咀嚼不久，跑操場的佑真朝校舍接近。
佑真視線和待在物理實驗室的咲太相對。發現咲太的佑真稍微放鬆表情，接著筆直跑向咲

太，最後像是要昏倒般靠在校舍外牆上。

「啊～～快死掉了！」

咲太打開窗戶就聽到這樣的聲音。

氣喘吁吁的呼吸，滴落的汗水逐漸沾溼水泥地。

「咲太，你手上有個好東西耶。」

咲太將頭探出窗外，佑真仰望咲太揮動手掌，要求咲太給他一點風。證據就是他看著咲太手上的扇子。

「不要。」

「為什麼？」

「我沒道理服務你。」

「請給我風！」

咲太不理他，轉身面向室內。

「雙葉。」

咲太向正在準備試管的理央招手。

「什麼事？」

理央臉上掛著有些嫌煩的表情，但還是來到咲太身旁。

咲太將扇子交給理央。

「國見要妳幫他搧風。」

「他是拜託你吧？」

「既然要找人搧風，找女生肯定比較好。」

「……」

理央一臉不滿，也隱含大約一半的害羞。

「雙葉，請給我風！」

累壞的佑真發出丟臉的聲音。

「……」

理央思索片刻，然後默默開始搖扇搧風。

「啊～～好舒服～～」

另外四名社員還在跑操場，腳步不穩。

「籃球社在體育館吧？為什麼只有你們在跑步？」

社員肯定還有很多才對。

「這是紅白大賽落敗隊伍的懲罰。」

「憑你的本事居然輸了？」

「我這一隊，除了我以外都是一年級耶。」
「居然把責任推給隊友，真不像國見的作風。你想必是冒牌貨吧？」
「咲太，你把我當成什麼人啊？」
「我當你是讓人火大的萬人迷。」
「好過分！」
佑真說完哈哈大笑。
「國見與梓川為什麼會變成好朋友啊？我真的搞不懂。」
理央自言自語般嘀咕。
佑真只是笑嘻嘻的，什麼都沒說。咲太也學他這麼做。理央應該不是真的想知道答案，而且這種事也沒什麼好說的。說起來，這個問題本來就很難以話語形容。簡單來說就是合得來，就是這麼回事。彼此毫不客氣說出想說的話，正確傳達自己是開玩笑還是當真。佑真打從一開始就具備這種氣息。
而且，這樣的形容也可以用在理央身上。咲太第一次和她好好交談，是一年級第一學期的事；咲太在國中時代動粗，將同學打進醫院的這個傳聞在校內蔓延之後的事。
那天，咲太在尋找可以悠哉吃便當的地方。後來他找到物理實驗室，不過有人先到了。
「明明全校學生都給你白眼，你居然每天都來上學呢。」

當時同班的理央直截了當地這麼說。

「以為大家都在躲著自己，只是自己想太多吧？」

「但我覺得一點都沒有想太多啊。你大腦還好嗎？不對，就是因為不好才來上學吧。」

「雙葉，妳這個人真有趣耶。」

「啊？哪裡有趣？」

「光是妳像這樣和我講話就很有趣喔。」

兩人一開始就進行這種毫不避諱的對話，咲太至今也記得很清楚。那種感覺在經過一年多的現在依然沒變。

「最後衝刺！」

佑真朝社團學弟們吆喝。四個一年級學生一起加速，爭先恐後地接連跑到佑真這裡。

他們雙手撐著膝蓋，肩頭劇烈起伏喘氣。

「啊～～國見學長好詐！」

讓理央搧風的佑真立刻引起一年級學生反應。

「明明有女友卻還讓別的女生做這種事，為什麼只有學長受歡迎啊？」

關於這方面，咲太也抱持相同意見，頻頻點頭。

「請介紹那位迷人的女生給我們認識啦。」

「是二年級嗎？」

「咦？你們不認識雙葉？」

理央是個總是穿白袍的奇怪二年級生，在校內挺有名的。即使年級不同，他們肯定也認識。

「咦？」

四個一年級學生做出吃驚的反應，面面相覷。

「原來是這麼可愛的人啊……」

他們輕聲討論，但咲太也清楚聽到了。畢竟理央現在沒穿白袍，綁起頭髮又沒戴眼鏡，給人的感覺差太多，他們才認不出來吧。咲太剛開始也是這樣。

「你們看女生的眼光太差了，我才不會把她介紹給你們這種人。好啦，回體育館吧。」

佑真發出噓聲趕走一年級。

他們不時轉頭看理央。

「二年級有種成熟的氣息呢。」

「那種感覺，是我喜歡的型。」

「情色又聰明！不對，聰明又情色！」

「慘了，好想向她請教各種事！」

還像這樣熱烈討論。

「不過國見，我覺得你看女生的眼光也好不到哪裡去。」

咲太目送逐漸離開的一年級社員，隨口抨擊佑真，腦中卻在思考完全不同的事。

他想起這裡的理央所說的話。

——這個世界，不需要兩個雙葉理央。

她說得確實沒錯。這個世界沒有美好到能接納兩個理央。畢竟兩人無法從第二學期一起上學，也不能一起住在同一個家，還有身分證之類的問題。

不只如此，實際上現在過著正當社會生活的理央是位於這裡的理央，位於咲太家的理央只有包含咲太的極少數人知道。

所以，果然不能維持現狀。雖然這麼說，但學校沒教咲太如何讓兩人恢復為一人。理央說只要具備強烈的意識就能恢復，但咲太不認為理央對其他事的執著程度更勝於佑真。完全無計可施。

「說真的，該怎麼辦啊……」

「嗯？」

佑真對咲太的自言自語起了反應。

「沒事。」

現在的咲太只能講這種話敷衍。

2

「所以梓川，你打算繼續做這種事多久？」

從學校回家的路上，咲太坐在七里濱站的長椅等待開往藤澤的電車時，理央劈頭這麼問。

今天已經是八月十二日。

咲太每天都到物理實驗室，至今已經過了一週。

「直到妳不做那種事吧。」

理央現在依然持續上傳遊走在尺度邊緣的照片。

昨天，咲太打工回家途中上網咖確認，發現理央公開了一張乳溝夾試管的照片，似乎是回應網友「夾點東西」的要求。不過只有咲太覺得做到這種程度反而讓人覺得脫線嗎？沒什麼情色的感覺。

「也可以改成直到妳只給我看情色照片。」

「那你每天都逐漸遠離目標喔。」

「真遺憾。」

咲太探出身子，確認鎌倉方向的鐵軌。電車還沒來。時間是六點出頭，但天空還很亮，只有西方天空終於微微泛紅。

「明天要做什麼實驗？」

這週大多是相當平凡的實驗。像是重力加速度的測量，或是使用力學台車反覆做實驗。盡是平淡完成的內容，旁觀也沒什麼樂趣。

「為了避免你無聊，不然製作火箭吧？」

「真的？」

「寶特瓶火箭。」

「啊～～」

「我會派你去撿。」

「居然要我幫忙這個？這時候應該比誰的火箭射得遠吧？」

「你不是我的對手。」

理央一副無所謂的態度，分心注意手機。似乎收到某個訊息。

「！」

看到畫面的瞬間，理央肩膀顫抖，表情明顯緊繃。她立刻從畫面移開視線，卻再度確認。臉上失去血色。

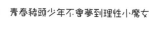

理央像是回想起來般藏起手機畫面。她將畫面朝下放在大腿上，雙手疊上去遮住。

「怎麼了？」

「沒事。」

理央沒轉頭看咲太，而是在意車站裡其他等車的乘客。有幾個是峰原高中的學生。一群年輕學生不時瞥向這裡。在這段時間，手機依然繼續震動。

「雙葉？」

「……我沒事。」

看起來不像沒事，不只是反應有點慢，聲音也沙啞。仔細一看，交疊在大腿上的手也不同於手機的震動微微發抖。

「有人留言？」

「……」

理央微微點頭。

「我可以看嗎？」

咲太以眼神示意理央藏在雙手下方的手機。

「不行。」

但咲太依然伸出手，從理央的指縫間碰觸手機保護殼。

「……」

到最後，理央即使微微低頭，依然沒抗拒咲太抽出手機。

換句話說就是可以看吧。

咲太檢視手上的手機。

顯示在上面的，是微網誌社群私人訊息的確認畫面。

——那件制服是峰原高中的吧？

這是第一句。

——我是畢業生，認得出來喔。

沒隔多久就收到下一則訊息。

——今天我在學校附近，見個面吧？

第三則訊息接著列在下方。咲太檢視這些訊息時……

——可以援喔，一萬五行嗎？

——要是不來見我，我就公開妳的學校喔。

——被身邊的人發現不太妙吧？

——欸，見個面啦。妳願意見面吧？

短短的訊息接連傳來。

在一旁看畫面的理央不安地抓住咲太襯衫衣襬。顫抖愈來愈明顯，直接傳達了她的不安。

「這種傢伙原來真實存在啊。」

咲太一邊說一邊擅自操作手機寫訊息。在這段時間，手機也一直收到訊息。

──好想跟妳見面喔～～

──等妳回應喔。

──喂，有聽到嗎？

──變成怎樣都不關我的事啊。

咲太寫訊息的時候，訊息不斷接連插入，麻煩得不得了。即使如此，咲太還是按照計畫打完訊息了。

「梓川？」

咲太不以為意就寄出訊息。

「你剛才傳了什麼？」

「這個。」

咲太拿畫面給理央看。剛才寄出的訊息還留在上面。

──我要報警。

手機頓時安分下來，完全沒再收到訊息。

「這樣就沒問題了吧。」

「……砍掉。」

「嗯？」

「那個帳號……砍掉吧。」

「知道了……」

咲太讓理央看畫面，確認操作程序是否正確，然後刪除帳號。

「這樣就行了嗎？」

「嗯。」

接著，開往藤澤方向的電車進站，兩人上車。

車內乘客人數恰到好處。從鎌倉回來的大媽集團提著伴手禮的袋子；看似在附近海水浴場玩完的年輕情侶與學生團體映入眼簾。

咲太帶著理央並肩坐在正中央沒人的座位。這段期間，理央也一直抓著咲太的襯衫。感覺得到周圍投以溫馨的視線，看來他們被當成情竇初開的情侶了。

「抱歉。」

理央輕聲說了。

「明明是我自作自受……」

理央包括身體、聲音，連內心都被恐懼統治。完全嚇壞了。

「雖然，不知道原因……但我好怕……」

理央依然沒停止發抖。一起坐下的兩人肩並肩，所以咲太非常清楚。

「像是郵件或是訊息，都會深深刺入內心喔。」

咲太就這麼面向前方，一如往常般開口。

「……？」

「楓遭受霸凌的那時候……諮商老師告訴我，影響人類生活的情報有八成來自眼睛。」

「……好像是。」

「所以與其當面說『去死』，收到寫著『去死』的信或電子郵件造成的打擊更大。」

而且，電子郵件或簡訊相當唐突。如果對方就在面前，也可以在對話時慢慢做好準備，但是單方面收到的數位文章容易成為冷箭，突如其來的惡意在提防之前就深深掏挖內心。

現在的理央正是這種狀態。

抵達藤澤站之後，咲太和理央一起穿過小田急江之島線的驗票閘口。平常都是從車站走回家，但今天有苦衷不能這麼做。

乍看像是終點站的長長月臺，不過即使軌道沒有延伸下去，這個車站依然是雙向發車。電車會切換軌道，分別開往新宿方向與片瀨江之島方向。
兩人順著其他乘客的人潮行走。
「那個……抱歉。」
理央道歉了。大概是添麻煩或造成困擾的意思吧。
也許是因為一直抓著，理央的手放不開咲太的襯衫。
「我看到雙葉可愛的這一面，改天要向國見炫耀。」
「……」
理央默默瞪了咲太一眼，但她還處於恐懼之中，看起來有點快要哭出來的樣子。
兩人搭乘停在月臺開往片瀨江之島方向的電車。
咲太不能扔著理央不管，決定送她回家。
到了發車時間，白底藍條紋車身的電車從藤澤站出發。理央住的本鵠沼站就在下一站，所以很快就抵達了。
從車站步行約五分鐘。
「這裡。」
理央輕聲說完，停在清靜住宅區的一角。許多獨棟住家林立的寧靜街景，周圍看得到的公寓

住宅頂多也只有五層樓高，感覺天空好寬闊。

理央將手放在氣派的對開門扉上。上方是裝飾精細的拱門，看起來就給人富裕家庭的印象。

進門一看，大約十公尺長的雅緻石板路通往一座更驚人的方形時尚住宅。旁邊是看起來可以自動開關的大車庫，停三輛車應該綽綽有餘。

「總覺得好壯觀喔。」

率直的感想自然脫口而出。

「是感受不到體溫的家吧？」

理央毫無感觸地說。

「看起來好像沒人住。」

感覺像是電視介紹的湘南區域推薦豪宅。

「一般來說，這時候應該幫忙說好話。」

「別期待我做這種事。」

「說得也是。」

終於抵達玄關大門。理央插入鑰匙開門。屋內開著燈，卻感覺不到有人。大概是玄關區域設定了自動照明。

時間已經超過七點。明亮的天空也終於染上夜晚氣氛。

「門要鎖好啊。」

「梓川。」

理央在玄關轉身，按著大門，朝咲太露出不安的表情。

「嗯？」

老實說，咲太不用反問也知道理央想說什麼。陌生男性傳的訊息依然令理央害怕，無法拭去恐懼感。

「那個……希望你今天陪我。」

聲音細如蚊鳴。即使如此，理央依然清楚說完。

「家人呢？」

「父親去德國參加學會，母親也去歐洲某地談生意。」

「聽起來像是連續劇的台詞呢。」

「我家經常這樣。」

「我還是強調一下，我是男生喔。」

「如果發生什麼事，我會毫不客氣向櫻島學姊報告發生過與沒發生過的事。」

「拜託報告發生過的事情就好。」

「我相信你。」

「但我個人希望成為被女生提防的男生。」

「笨蛋。進來吧。」

「那麼，打擾了。」

來到玄關，靜謐程度更甚，制服的摩擦聲聽起來特別明顯。大概是挑高的寬敞玄關使然。

咲太跟著理央走，來到同樣寬敞的客廳。大概十坪吧，家具以黑白為基底。看起來很舒適的沙發正前方是六十吋的大電視，從窗戶看得見整理得宜的庭院。

廚房是中島式，看得到內部的玻璃櫃像是樣品屋一樣井然有序擺著餐具與調味料。走廊全都是間接照明的時尚設計。

簡單高雅，卻兼具豪華氣氛的空間。任何人都想住一次的豪宅。

即使如此，咲太依然覺得這個家欠缺決定性的要素。他進入這個家之前就感覺到缺陷。

沒有味道的家；沒有面容的家。

只有內容物氣派地存在於其中，理央明明住在這裡，但是任何地方都感受不到她的氣息。感受不到體溫。

咲太誤以為迷途闖入陌生的空間，光是站在這裡就感到不安。

「妳家人大多不在家嗎？」

「不會喔。」

「這樣啊。」

「一年大約有一半時間不在家。」

「這樣很多吧？」

太多了。咲太聽理央說「不會」，以為是一年大約兩三次不在家。但他某部分來說莫名可以認同。如果不是這樣，這個家不會是這種氣氛。如果父母每天回家，肯定不會變成這樣。

「父親在教學醫院附近租套房住，母親經常出國談生意，所以這樣很正常吧？」

「這是哪個世界的『正常』？」

這麼一來，咲太也明白另一個理央為何慣於下廚和洗衣了。理央一年當中有一半的時間獨自生活在這個家，當然熟能生巧。

「我家這樣很正常，因為父親與母親都不適合當父母。」

理央不以為意地這麼說，就像在說明任何人都知道的常識。她對於這方面似乎已經無感，早就放棄，視為理所當然……咲太抱持這樣的印象。

「畢竟父親是為了在醫院組織出人頭地而結婚的人。」

「這是怎樣？」

「在某些世界，單身似乎沒辦法往上爬。」

「妳媽媽接受這種婚姻？」

「母親也是想得到『雙葉教授的妻子』這個頭銜而結婚，所以利害關係一致。不只如此，由於彼此都是隨心所欲，所以不可能不滿。你的想法意外老派呢。」
「哎，因為我是在這個時代連智慧型手機都沒有的原始人啊。」
「這是什麼形容？」
「一個可愛學妹對我的形容。」
「噢，那個拉普拉斯的小惡魔。她講得真好。」
理央說完稍微露出笑容。平常她不會因為這種事情就笑。不知道她是否有自覺，她強顏歡笑想打發心情。
理央俐落地打開必要的照明，也按下放洗澡水的按鍵。
「放好之後，你先洗吧。」
「收到。」
咲太不敢對現在的理央說「妳先洗」，所以決定乖乖接受好意。反正他很快就會洗好。
咲太如此心想，脫下衣服進入浴室。
「衣服洗好烘乾之前別出來。」
理央後來才這麼說。
「幾分鐘？」

「三十分鐘。」

「意思是要我死嗎？」

說來無情，理央沒有回應。

咲太全身癱軟走出浴室之後，理央也整整洗了一小時的澡。

這段時間，她要求咲太在浴室外面待命。看來她現在真的不想獨處。

咲太不得已，背靠牆壁坐在浴室外面。他也曾經和另一個理央以這種方式交談了兩次。

「梓川。」

「我在。」

「嗯……」

「……」

「梓川？」

「我在。」

「嗯……」

「梓……」

「我在啦！」

兩人反覆進行這樣的對話。

「我說啊，梓川……」

「這樣很麻煩，乾脆一起洗吧？」

「……你一直閉著眼睛就可以。」

理央停頓片刻之後這麼說。平常的她絕對不會這麼說，證明她現在很脆弱。

「我才不要玩這麼高階的遊戲。」

「那麼，唱首歌來聽聽吧。」

「我更不要！」

理央終於洗好之後，兩人簡單吃了晚餐。在氣派廚房準備的晚餐是泡麵。咲太笑說這是非常滑稽的光景，理央卻不知道哪裡好笑。她住在這種家，所以這樣也是理所當然。

等待三分鐘的期間，咲太打電話回家跟楓說今天不回去。

後來，兩人並肩坐在電視前面的沙發吃泡麵。不是聽音樂，而是播放國外影集的ＢＤ，享受一段慵懶的時光。

雖然這麼說，連續看五個小時的影集終究會累積疲勞。

時間也進入深夜一點半。

「睡吧。」

正當咲太睡眼惺忪時，理央這麼說了。

洗完澡就一直穿著睡衣的理央踩階梯上樓。是之前在照片看過的那件毛茸茸睡衣，下半身是短褲，光溜溜的雙腿有點耀眼。

咲太覺得終究不能跟著進臥室，在階梯下方停下腳步。察覺到這一點的理央隨即在階梯途中轉身。

「我今天還是睡客廳吧。」

「真遺憾，我還想說有機會參觀妳房間了。」

「就是因為你會這麼想，我才不想讓你看。畢竟你可能會跟國見說。」

「當然會說吧？」

「唉……」

理央回到客廳，以沙發當床躺下。咲太在她旁邊……稍微推開桌子騰出空間，默默躺下。

底下是軟綿綿的地毯，所以躺起來不差，應該說很舒服。和咲太家的客廳差好多。

「那麼，晚安。」

「嗯，晚安。」

咲太看國外影集時數度打呵欠，真的躺下來之後卻毫無睡意。

但他原本就想在理央睡著前醒著，所以算是稱心如意……

理央仰躺在沙發上已經將近一小時。從她呼吸不規律又不斷翻身來看，她絕對沒睡。

理央緩緩吐氣，像是在整理某些思緒的吐氣。刻意的吐氣。

咲太聽著她的吐氣聲，心不在焉地看著白色天花板。在窗簾縫隙射入的微光中，天花板彷彿發出青白色的光芒。

不久……

「梓川，醒著嗎？」

理央問。

「睡了。」

「明明醒著。」

「要睡了。」

咲太故意打個呵欠。現在的理央最好趕快睡覺。即使醒著，不安的心情也只會徒增負面想法。內心脆弱的時候，總之就是要睡覺，要思考是之後的事。

「我覺得我在害怕。」

「……」

「雖然現在有你與國見，但我覺得總有一天，我或許又會孤單一人。」

「這是怎樣？」

「就讀高中之前，我都沒這種不安。因為在學校或是在家裡，我獨來獨往是理所當然。認識你與國見之後，我就開始覺得不安……」

「國見這傢伙真壞呢。」

「一半是因為你。在國中之前，我不覺得上學很快樂。上高中之後就有點快樂了。」

「只有一點點？」

「梓川，你覺得上學快樂嗎？」

「不快樂。頂多只有一點點。」

「和我一樣。」

不過，這個「一點點」讓理央內心產生不安。人只要知道快樂的時光，就會希望永遠持續下去。想到可能會失去這樣的時光，難免感到不安。

「國見交女友的時候，我好害怕……」

「這時候至少要有『為什麼是那個女生』的想法吧。」

「我想過……」

「原來想過啊。雙葉，不錯喔。」

「可是，亮麗到那種程度的女生比較適合國見。我不配。」

「國見這傢伙真過分耶，總是害妳傷心。」

「你也沒資格說國見喔。」

「啊？」

咲太原本以為自己位於安全範圍，不過看來錯了。

「交了那麼漂亮的女友，我以為你再也不會理我這種人。」

「呆子。」

咲太輕聲一笑置之。

「不過我確實喜歡麻衣小姐到無法自拔。」

「我第一次看到有人用『無法自拔』這種字眼。這是哪個時代的形容法？」

理央的喉頭咯咯笑。

「我打算把妳當成一輩子的朋友喔。」

「因為你也沒朋友啊。」

「沒錯，所以不准擅自消失。小心我哭給妳看。」

理央沒回應這句話，感覺像是拿捏不到彼此的距離。

「還有，妳一點都不懂。」

「不懂什麼？」

「明明喜歡國見，卻一點都不懂那個傢伙。」

「哪有這種事……」

「就是有。」

咲太打斷理央的回應，不讓她說完。

「手機借用一下。」

咲太打開理央一直由他保管的手機。液晶背光在昏暗之中照亮咲太的臉。

「你要做什麼？」

「我要讓你知道國見多麼了不起。妳肯定會重新喜歡上他。」

畫面顯示佑真的電話號碼。咲太點選撥號圖示。

「梓川，難道你……！」

理央猛然坐起上半身。

「這種時候打電話，會被當成沒常識……」

焦急與困惑……以及戀愛少女的情緒出現在表情上。理央臉上寫著「不想被討厭」。

「來不及了。」

抵在耳際的手機響起鈴聲。不過現在終究超過深夜兩點半了，佑真遲遲沒接聽。

即使如此，咲太依然深信佑真會接電話。
鈴響第六聲的時候接通了。
『唔～～雙葉？』
佑真的聲音聽來很迷糊。看來果然在睡覺。
「是我。」
『是咲太？』
語氣明顯失望，反應依然遲鈍。即使如此，咲太明明沒自報姓名，佑真依然只聽聲音就認出來了，了不起。
「雙葉遭遇危機，立刻來本鵠沼站。」
『嗯，知道了。』
語氣突然變得精實，回應的氣勢彷彿從床上跳起來一樣強。
『我立刻過去。』
佑真簡短回應之後結束通話。
音量很大，所以理央肯定也聽到佑真的最後兩句話了。
咲太再度關機之後起身，理央一臉愕然地坐在沙發上。
「國見說他會來。」

「你真沒常識。」

「在這個時間二話不說就趕過來的國見才沒常識吧？」

佑真住在藤澤站北方，距離這裡大約三四公里。深夜時段當然沒電車，所以只能以搭電車之外的方式過來。

應該會花一些時間吧。

「雙葉，妳最好洗把臉。」

她雖然沒哭，眼睛卻腫腫的。

「衣服也要換。」

毛茸茸的睡衣很可愛，但終究不能帶著這副打扮的理央外出。

「要盛裝打扮哦。」

「我只會穿普通的衣服。」

「那麼，我在外面等妳。」

咲太將理央留在客廳，走向玄關。

咲太在屋外等待約十五分鐘，玄關石階和屁股成為好朋友的時候……

「久等了。」

理央有點害羞地現身。

她似乎依照咲太的吩咐洗了臉，表情清醒。頭髮綁起來，以髮圈柔順地束起。

不凸顯身體線條的寬鬆T恤，衣襬很長，甚至完全蓋過大腿根部。下半身穿的是只露出腳踝的丹寧長褲。

「……」

咲太等了很久，所以仔細觀察她的穿著。

「什……什麼事？」

理央明顯提高警覺。

「不夠清涼。重來。」

咲太指向玄關，要求理央回去換衣服。

「讓國見等太久會對不起他。」

理央快步往車站走。腳上的涼鞋鞋跟高了點，不到五公分的加高，感覺這是理央現在能做的極限。

「總之，這樣的妳算是很努力了。」

「為什麼非得聽你高姿態這樣評論？」

「但我覺得既然上半身這樣穿，下半身應該穿短褲。」

理央一邊走一邊低頭看自己腰部以下。

「這樣搭配，看起來很像下空。」

「這樣才好吧？呈現的手法很重要。」

「那個，梓川……」

理央忽然壓低語調。

「嗯？」

「這樣真的不行？」

她不安地揚起視線。

「天曉得，我不知道國見的嗜好。」

「我在徵詢你的意見。姑且以男生立場回答我。」

理央說得像是在生氣，眼中看得出緊張與不安。

「這樣很像妳的風格，不是很好嗎？」

「這是怎樣？」

「有意見就別問我了。」

無論咲太說什麼，肯定都無法消除理央的緊張與不安。因為只有即將見面的佑真做得到。

現在是深夜三點，當然沒遇到任何人。咲太與理央抵達車站前面才首度看見人影。

售票區前方不遠處，看得到一個跨坐在腳踏車上的人影。

對方以袖子俐落地擦拭額頭流下的汗水。

「太慢了吧？」

這個人一發現咲太與理央就這麼說，然後微微一笑，輕快地踩著腳踏車接近過來。

來到路燈照明下方的是佑真。沒想到他已經到了。除非打完電話就衝出家門全力騎車趕過來，否則不可能這麼快。

「國見，是你太快了。」

「是你叫我衝過來的吧？」

「怎麼了，莫非你的身體是肌肉打造的？」

「哎，應該吧。」

佑真敷衍咲太之後，轉身面向理央。

「雙葉，沒事吧？」

「咦？」

「咲太有對妳毛手毛腳嗎？」

「怎麼可能。」

「我一直以為咲太偷襲妳。」

「為什麼偷襲的當事人要打電話找你來？」

「受不了良心的苛責？不對，咲太沒這種良心。」

佑真明明深夜三點騎腳踏車趕過來，態度卻一如往常。

「為什麼……」

理央輕聲說。

「為什麼……」

再一次。接下來的事真的是在一瞬間發生。

理央的淚水在眼眶打轉，接著一口氣沿著臉頰滑落。豆大的淚雨滴滴答答落在柏油路面。

「為什麼……為什麼……」

她反覆這麼說。

「國見，別害她哭啦。」

「這是我的錯？」

咲太投以責難的目光，佑真明顯感到畏縮。佑真不知道隱情，所以反應特別強烈。

「千真萬確是你的錯。」

「傷腦筋。」

佑真真的一臉為難地搔了搔腦袋。

「不是國見的錯……」

理央哽咽幫忙辯護。她以雙手擦拭滿溢而出的淚水，這種哭法莫名像是孩子。

「不是國見的錯……」

大概是擔心沒有好好講清楚，理央再度強調。

「梓川，不准亂講話……」

理央雙手離開臉龐，瞪向咲太。

她這副模樣看起來只像是哭泣的孩童。

「雙葉的哭法真可愛呢。」

佑真說完，理央害羞地低頭。

「我哪知道這種事……我好久沒哭了……」

或許因為這樣，才會不知道怎麼哭吧。只有小時候哭過，所以沒有改變哭法，就這樣成長為高中生。

「可是……可是……」

理央情緒滿盈，再度泛淚。

「我……我……」

吸著鼻水，臉蛋已經哭花了。

「完全不孤單……我不孤單……」

這麼說的理央以溫柔的表情哭泣，所以咲太不發一語。完全摸不著頭緒的佑真也默默守護著理央。

後來理央不斷輕聲說「我不孤單」。每次想停止哭泣都會失敗，被淚水波浪打得載浮載沉。

「咲太。」

「嗯？」

「請我跟雙葉喝飲料。」

「我不懂為什麼要被敲詐。一丁都不懂吶。」

「要補給流失的水分，不然會出事吧？」

佑真露出得意洋洋的表情。

「這理由不是很好，不過，今天就破例吧。」

「我只要是汽水都好。雙葉呢？」

「冰咖啡。」

理央即使在哭，依然看著道路前方便利商店的燈光。看來她不喝自動販賣機的飲料。

「睡不著也不關我的事喔。」咲太出言抱怨，無奈地走向便利商店。

咲太獨自進入便利商店，從架上拿了藍色標籤的運動飲料。故意拿兩公升的惡整佑真。他將飲料拿去收銀台，向看似大學生的店員加點冰咖啡。這時候，他注意到擺在一旁的手持煙火組，伸出手拿過來說「還有這個」一起結帳。

「謝謝惠顧～～」

伴隨著店員懶散的問候聲，咲太走出便利商店。

佑真與理央已經來到店門口。感覺理央臉蛋紅紅的。

「國見對妳開黃腔嗎？」

「沒有。是在講衣服……」

理央輕聲告知。看她臉紅的樣子，應該是得到稱讚了吧。該說不愧是佑真嗎……在這方面非常拿手。

咲太將手上的冰咖啡遞給理央。吸管已經插好了。接著從袋子取出運動飲料交給佑真。麻衣廣告代言的那個牌子。

「梓川完全被櫻島學姊馴服了。」

理央掛著淚痕笑了。看來淚水終於止住。

「咲太在奇怪的地方值得嘉獎呢。」

佑真這麼說。他沒有抗議不是汽水，也沒吐槽是兩公升瓶裝。不只如此，還一口氣喝掉半瓶左右，看來真的渴了。他將剩下的半瓶收進腳踏車籃子裡。

「所以，接下來要怎麼做？」

佑真就這麼跨坐在腳踏車上，提出單純的疑問。時間是凌晨三點多。

「這個。」

咲太將便利商店購物袋扔進佑真的腳踏車籃。剛買的煙火組從袋子露出一半。

「在這種時間，這附近有地方可以放煙火嗎？」

無論往右看還是往左看，都完全是住宅區。咲太很能體會佑真的想法。

「海呢？」

「從這裡走的話，有一段距離。」

對這裡最熟的理央冷靜地指出這一點。

「我騎車載理央，國見用跑的，這樣大概十分鐘就可以到吧？」

「腳踏車明明是我的耶。」

「什麼嘛，國見，你的意思是要叫雙葉用跑的？」

「是要叫你跑。」

佑真帶著笑容將腳踏車讓給咲太。他做暖身操伸展阿基里斯腱，摩拳擦掌準備起跑。

「哎，要是叫咲太跑，應該和走路差不多快吧。」

「開什麼玩笑，我在半路會休息，所以走路比較快。」

「別講得這麼囂張。」

佑真哈哈大笑，卻立刻想起現在是深夜，拚命忍笑。

「雙葉。」

咲太催理央坐在腳踏車後面。

「我先出發了。」

佑真不容分說地起跑。這樣理央就無法拒絕也無法客氣。

「雙載會被抓喔。」

理央即使一臉傻眼地這麼說，依然側坐在腳踏車貨架上，穩穩抓住坐墊後側。

「妳可以抱住我喔。」

「梓川真的是變態耶。」

「開玩笑的……唔喔！」

咲太不禁發出怪聲，因為理央出乎預料抱了過來。她從後方環抱咲太的腰，身體緊貼在他背後。柔軟的觸感傳到肌膚。

「下次我會對櫻島學姊說你對我發情。」

理央以略含嬌羞的語氣說出這句倔強的話語。

「真期待被麻衣小姐罵呢。」

「這樣才是豬頭少年。」

咲太笑著聆聽這句回應，使力踩踏板。直到速度變快之前，一直左右偏移蛇行。

「笨……笨蛋，直直騎啦。」

理央難得慌張。

「因為妳很重。」

「去死吧。」

咲太好不容易恢復平衡，追上先走的佑真。

「你們看起來挺開心的。」

佑真看著並行的咲太與理央，露出愉快的笑容。

「我一點都不開心。」

被提到體重的理央和一般女生一樣害羞。

十五分鐘後，從本鵠沼站出發的咲太等人在下一站鵠沼海岸站繼續南下，抵達鵠沼的沙灘。

面對相模灣的湘南區域一角。這裡也是一座臨海公園，通往沙灘的路線鋪整得宜，附近還備有海

灘排球場以及玩滑板的地方。不過咲太大概一輩子都用不到吧……
往東方看得見江之島。由於和這裡有一段距離，所以通往島上的弁天橋看起來很細，彷彿走鋼索用的鋼索。
「我說咲太……」
「什麼事啊？」
「風會不會太強了？」
三人依照咲太、理央、佑真的順序並肩背對海面。雖然以人牆擋風，蠟燭卻遲遲點不著。
「畢竟颱風好像明晚會登陸。」
難怪風很潮溼。
「國見，過來一點，用你的大個子擋風。」
「咲太，你也一樣。」
兩人像是夾住理央般緊貼。
「好……好近……」
理央輕聲抗議，但咲太假裝沒聽到。
「就說了，好近……」
理央在正中央縮起身體。

「喔，點燃了。」

拿火柴的佑真發出高興的聲音。

「雙葉，快！」

在佑真的催促之下，理央就這麼縮著身體，將煙火前端湊到蠟燭的火。煙火漂亮點燃，噴出綠色的火花，接著變成黃色，最後變成粉紅色。

咲太與佑真也接連點煙火。只有三人周圍頓時變明亮。火藥的燒焦味留下鮮明的夏季印象。

大概是因為剛開始點火的時候費工夫，煙火一旦點燃，三人就莫名覺得開心，爭先恐後般接連點燃煙火。

不久，風突然停止。三人像是預先說好般拿起仙女棒，齊聲倒數之後一起點燃。小小的三個煙火靜靜燃燒迸出火花。

「國見，你什麼都沒問呢。」

理央目不轉睛注視著仙女棒這麼說。

「嗯？」

「問我的事。」

「咲太叫我出來的時候，我還以為出事了。」

佑真若無其事般回應，理央斜眼注意他的側臉。

「不過剛才看到妳哭泣的臉，我就覺得算了。」

「那個……忘掉吧。」

「啊。」

「喔……」

咲太與佑真的仙女棒幾乎同時熄滅。

「可惡～～輸掉了～～」

佑真伸懶腰起身。雖然不是在比賽，但咲太也抱持相同心情。

「從這裡似乎可以看得很清楚呢。」

佑真說著，逕自看向江之島的方向。

「啊？看什麼？」

「江之島的煙火。是下週吧？」

咲太也站起來，走到佑真身旁。距離確實很適當，應該可以輕易欣賞煙火。

「這我去年說過吧？」

理央的仙女棒還在燃燒。

「是嗎？」

「我說完，你們就說『想要靠近一點看』。」

結果人很多、脖子很痛、聲音震耳欲聾。

「既然這樣，今年就真的來這裡看吧？」

佑真掛著純真的笑容，轉身看向理央。

「你沒和可愛的女友約好嗎？」

理央沒有立刻回應，咲太代替她如此指摘。

「啊～～現在大好評吵架中。」

佑真刻意發出沒有情感的笑聲。

「他這麼說了。」

咲太聽完，將話鋒轉向理央。

「梓川有什麼計畫？沒和櫻島學姊約好嗎？」

「事務所剛發布約會禁令。」

「不愧是超紅藝人。」

佑真對別人的不幸一笑置之。

「我那天排班打工，不過會找古賀代班，應該沒關係。」

「你就不管古賀學妹的計畫嗎？」

佑真嘴裡說咲太過分，不過很高興。

「雙葉呢？」

「沒什麼計畫。」

「那就說定了。」

「雙葉一定要穿浴衣當成今天的謝禮喔。」

「咦？」

咲太的提議使得理央聲音高八度。

「喔，不錯耶，浴衣～」

理央聽佑真這麼說，明顯亂了分寸。

「可是，穿那個很麻煩……」

理央輕聲做出稱不上抵抗的抵抗。

「也就是說，妳可以自己穿吧？」

「……」

理央以厭惡的表情瞪向咲太。看來她說完才發現自掘墳墓。她走到咲太身邊，輕輕揍咲太肩膀一拳發洩情緒。

「我說啊……」

依然看著江之島方向的佑真一邊說一邊打呵欠。

「天空是不是變亮了？」

咲太的視線從富士山所在的西方移向江之島所在的東方。就如佑真所說，東方確實開始微微泛白。

「我第一次像這樣通宵。我在做什麼啊……」

「當然是在做蠢事啊。」

咲太直接說出想法。

「確實是在做蠢事呢～」

佑真也同意。

「唉～」

理央對此嘆了好長一口氣。

「真遺憾。」

接著她這麼說。

「國見，她在說你喔。」

「不，是你吧？」

「是說你們兩個。」

咲太不明就裡，和佑真轉頭相視，但還是搞不懂。理央看到咲太與佑真露出疑惑表情，輕聲一笑。

「如果梓川與國見是女生就好了。」

咲太再度和佑真轉頭相視。

如果都是女生，或許就可以更不顧忌地聊更多事。理央也不會喜歡上佑真，可以一直當普通朋友。

理央大概是這個意思吧。

「咲太說他明天開始會穿裙子。」

「我一直想穿一次看看。」

佑真說完，咲太立刻接話。

理央發出笑聲。

「笨蛋。」

開心的表情。她看著咲太、佑真，接著展露笑容。

「真的很笨，而且爛透了。不過……」

理央說到這裡停頓了一下。

「不過？」

「沒事。」

「什麼嘛，講啦。」

「不講。」

「這是怎樣？」

咲太與佑真齊聲表達不滿。但是理央沒講，咲太與佑真也刻意不追問。兩人大致想像得到理央接下來原本想說什麼。

——真的很笨，而且爛透了。不過，做得出這種事才叫做朋友。

她肯定想這麼說。

「國見。」

咲太不等佑真反應，就將手機扔過去。是一直由他保管的理央手機。

「嗯？唔喔！」

佑真雖然嚇一跳，依然俐落以單手接住。他的表情浮現疑問。不過，等到咲太背對海面站在理央身旁，他就發出「啊」的聲音理解了。接著，佑真也來到理央身旁肩並肩。

「什……什麼事？」

只有理央還沒理解。

「先別問，先別問。」

佑真不以為意，將手機鏡頭對準三人。拍照功能已經啟動。佑真將手伸直到極限，讓三人都能入鏡。

「英文字母的順序是Ａ、Ｂ，然後呢？」

「Ｃ。」

理央平淡回應。下一瞬間，沙灘響起「喀嚓」的舒暢快門聲。

後來直到朝陽露面，咲太三人一直天南地北地閒聊。「理央將來想學父親當醫生嗎？」、「別想像冷漠的女醫而興奮」、「我不打算當醫生」、「佑真挑對象的品味很差」、「她也有她的優點」、「明明正在吵架」……總之就是毫不顧慮、毫不客氣，想講什麼就講什麼。

朝陽東升之後，三人說著「好壯觀」、「好感動」、「不過坦白說，通宵之後不太歡迎耀眼的朝陽」，離開沙灘。

煙火的垃圾當然回收乾淨了。燒完的煙火棒就像吃完的烤雞肉竹籤，插入裝海水的寶特瓶。

「啊，第一班電車開了。」

咲太等人悠哉地走到片瀨江之島站。

模仿龍宮打造的紅色車站，沐浴在朝陽之中，散發神祕的光輝。

咲太與理央在驗票閘口前面和佑真道別。

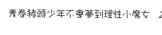

「那麼，辛苦了。再見。」
「嗯。」
佑真一邊搖手一邊踩踏板起步。腳踏車立刻加速，消失在建築物的另一頭。
佑真真的直到最後的最後都完全沒問理央。
「哎，我可以理解雙葉為什麼喜歡他。」
「突然講這什麼話？」
「國見這傢伙做人太好了。」
「你也是。」
理央先穿過驗票閘口。咲太走在她的身後追上去。
「別把我和那種爽朗傢伙相提並論。」
「原來你也會害羞啊。」
理央頭也不回地說完，輕聲一笑。
兩人搭乘停在月臺的電車。除了他們還有一些乘客，幾乎都是大學生左右的年輕人團體。看來和咲太他們一樣是通宵之後來到車站，大多玩到累癱了，甚至聽得到打呼聲。
告知發車的鈴聲響起。車門發出「噗咻」的聲音關閉。
電車靜靜從月臺起步。

「梓川。」

清晨電車特有的寧靜，只有理央的聲音聽起來特別清楚。她看著正前方窗外流動的景色。

「如果會怕，我今天也陪妳吧。」

「這沒問題。我現在想盡快回家一個人睡覺。」

理央忍住呵欠。

「我有同感。」

咲太也跟著打個呵欠。

「所以？」

「關於另一個我。」

「哎，我就覺得妳要講這個。」

「她的症狀比較嚴重。」

「……」

咲太瞥向理央，想確認她的意圖。

「因為另一個我討厭我。」

「這樣啊。」

「我渴求男人，想確認自己的存在價值，她討厭這樣的我，感到厭惡，覺得這樣的自己不是

自己。」

正因如此，現在才會有兩個理央吧。

「不過，就算再怎麼討厭、再怎麼厭惡……這依然是自己。另一個我肯定知道這一點。」

「真麻煩呢。」

「是啊。」

另一個理央討厭這裡的理央，到頭來就是討厭自己。真的只能形容為「麻煩」。

「所以，拜託了。另一個我就拜託你了。」

「可以是可以，不過……」

「什麼事？」

「今後我去物理實驗室的時候，妳要請我喝咖啡當謝禮喔。」

「好啊。反正那不是我的……不過，有望解決嗎？」

理央即使拜託咲太，依然沒掩飾內心的不安。

「很難說，我不知道。不過，我看到妳哭泣的臉蛋時，我好像懂了。」

雖然可能只是多心，不過理央強烈尋求的真正事物，似乎就在那裡。

「那個，拜託忘記吧。我真的很難為情……」

理央低頭縮起身體。這時候，電車停在下一站鵠沼海岸站，再度出發。奔馳約一分鐘後，抵達理央要下車的本鵠沼站。

「啊，手機怎麼辦？」

咲太就這麼代為保管，依然在他身上。

「拿去吧。這段時間有點……」

從她的表情看來，似乎連碰都不想碰。

「知道了。那麼，晚安。」

「你也晚安。」

微微揮手的理央在晨光之中微微溫柔一笑。即使是交情長達一年多的咲太，這張笑容依然迷人到令他瞬間臉紅心跳。

咲太揉著惺忪的睡眼抵達自家公寓時，時間已經超過五點半。以為大家都在熟睡的室內傳出有人醒著的氣息。

「你回來啦。」

咲太在玄關脫鞋時，理央前來迎接。

「我回來了……」

「辛苦了。」

「雙葉，這個。」

咲太進入屋內，將保管的手機遞給理央。

「我想，應該不會再犯了。」

「……這樣啊。」

理央接過手機，低頭檢視畫面。剛才咲太、理央、佑真三人拍的照片已經設定為手機桌面。中間是一臉呆愣的理央；右邊是露出爽朗笑容的佑真；另一邊的咲太臉被切掉一半。後方是大海、江之島以及等待天亮的青白色天空。這張照片絕對拍得不算好，不是漂亮的照片，卻是留下真實一瞬間的最佳照片。

「細節晚點再說，總之我好睏，要睡了。」

咲太蹣跚走到客廳，撲倒似的躺在地上的地毯上。躺下之後就再也不想動、不能動了。閉上雙眼，意識瞬間被吸入夢鄉。

所以，咲太沒聽到理央接著說出的話語，也沒發現不久之後傳來玄關大門關閉的聲音。

當天傍晚，咲太睡醒時，理央已經不在家裡了。

第四章

在大雨之夜沖走一切

1

醒來一看，眼前是白貓疾風。牠在咲太身上蹦蹦跳跳玩耍。看來牠充滿活力地成長，真是太好了。

咲太起身觀察周圍。熟悉的空間，是咲太家的客廳。咲太直到剛才都睡在客廳地上。腦袋終於運轉，想起今天直到天亮才回家。

看向時鐘，將近下午六點。看來睡了十二個小時。不過身體疲累，還很睏。

即使如此，依然得準備晚餐。這個想法帶動咲太起身。首先淋浴沖掉汗水。微溫的水流好舒服。

走出浴室時已經完全清醒。咲太只穿一條內褲回客廳時，楓走出房間。

「哥哥早安。」

「楓，晚安。」

「晚安。」

「雙葉在房裡？」

如今，咲太的臥室完全成為理央的房間。

「不，還沒回來。」

「啊？她出門了？」

「是的。哥哥回來不久，她就說要去買東西。」

「買東西？」

咲太今天早上六點多回來，這麼早出門買東西很奇怪。當時是業者進貨到市場的時間。

咲太打開實際上成為理央房間的自己的臥室。

「……」

整理得莫名整潔。理央的行李完全不剩，甚至有打掃過的痕跡。

剛淋浴的身體緩緩冒出討厭的汗水。

「那個笨蛋！」

咲太任憑身體中心產生的火熱衝動驅使，反射性衝到玄關，開門出去。但他立刻停下腳步。

他察覺自己沒線索。

而且咲太依然只穿一條內褲。即使是響應輕裝上班的這個時代，世間終究不容許這種穿著吧。咲太的做法領先業界十年，必須忍耐到暴露裝上班的時代來臨才行。

咲太回到房間，穿上八分工作褲，在穿T恤的時候移動到電話前面。

撥打的是朋友的手機號碼。理央手機的號碼。

「……」

鈴聲響多久都沒接通。以為接通的時候，卻是進入語音留言信箱。

「是我，梓川。妳現在在哪裡？不打算回來嗎？聽到留言聯絡我，一定要啊。」

咲太即使覺得白費力氣，依然留言之後放下話筒。但他立刻再度拿起話筒，打算聯絡另一個理央。

「……」

然而，咲太要撥號的時候才察覺自己不知道理央家的電話號碼。小學時會建班上的通訊錄，但是咲太升上高中之後就不記得看過這種東西。至今就算不知道同學家的電話也沒什麼困擾。

「楓，我出門一下。」

「現在出門？」

楓露出有點寂寞的表情，咲太將手放在她頭上。

「對不起。」

「沒……沒有啦，哥哥沒錯。楓不要緊的！」

「晚餐就解凍咖哩吃吧。」

「好的。」

「我應該會晚點回來，妳可以先睡。」

「無論到幾點，楓都會等哥哥。」

楓鼓起幹勁堅定說完，咲太摸了摸她的頭，走出家門。

咲太跨上腳踏車，穿過住宅區，首先騎往藤澤站。原本想轉搭電車，前往理央所住的本鵠沼，但他判斷只有一站的話騎車比較快，所以繼續騎車。

拂過身體的風莫名暖和，溼氣很重。咲太活到這個年紀，大致知道這代表什麼意思。

告知颱風接近的空氣。

咲太騎著腳踏車維持速度，並且仰望天空。厚重的雲層覆蓋上空，像生物般蠕動，一邊詭異地變形一邊飄向北方。

「看來會下雨呢。」

咲太剛說完，豆大的雨珠就滴到額頭，接著連續兩三滴雨珠打在身上。雨勢瞬間增強，眨眼之間成為傾盆大雨。

讓周圍看起來泛白的大雨。

「不會吧？」

T恤又重又溼，貼在皮膚上。

咲太也想過要不要回頭，不過就算回去也同樣溼透。

「爛透了，混帳！」

咲太一邊咒罵，一邊拚命騎腳踏車。

抵達理央家的時候，雨水已經滲進內褲了。老實說很難受，但現在不是抱怨的時候。

咲太按下對講機按鍵。

原本擔心要是家長應門怎麼辦，不過應門的是理央。

『梓川？』

對講機傳出理央的聲音。

「妳怎麼知道？」

『攝影機。』

「真是高科技呢。」

『在這個時代不稀奇吧？總之快進來。』

咲太推開外門，連同腳踏車進入雙葉家。感覺來幾次都不會習慣的有錢人家。門後具備某種魄力，拒絕淋成落湯雞變得更加窮酸的咲太。

咲太停好腳踏車，理央就開門露面。她身穿毛茸茸的可愛睡衣。

「怎麼了？」

「雙葉不見了。」

「咦？」

「我今天早上回家的時候還在。後來我呼呼大睡……醒來發現她連同行李消失無蹤。」

「姑且說明一下，我想我們並沒有恢復為單一個體。」

「應該吧。」

咲太不經意有這種感覺。沒有恢復的理由。

「她的去向，妳心裡有底嗎？」

「……或許在學校。」

理央沒花多少時間就堅定回答，話中感受得到她的確信。

「如果另一個我打算從你或我們面前消失……她應該會這麼做。因為如果是我，我就會前往當時讓我不再孤單的學校。」

理央的眼中隱含力道。這番話沒有質疑的餘地。

「知道了。謝啦！」

此時，打了一聲好大的雷。震撼空氣的雷鳴。

「呀啊！」

受驚的理央以雙手掩耳。
「原來妳也會發出這種聲音啊。」
「因……因為剛才太突然了。」
理央辯解到一半，天空再度發出閃光，聲音隨後追上。很近。
「呀啊！」
「……」
「你誤會了。」
「如果一個人會害怕，就叫國見過來吧。」
「我不要。」
「大喊『好恐怖喔～～』抱住他不就好了？」
「我不會講這種話。」
「只要推倒他，把生米煮成熟飯，那個傢伙會負責的。」
「以這種形式結合，我也不會高興。」
「那妳就以正常的方法努力吧。」
咲太隨便回應之後，跨上腳踏車。
「我也去。」

「妳留下來看家。啊，告訴我家裡電話號碼就好。」

理央回到屋內，拿著便條紙再度現身。咲太接過便條紙。

「我查到情報會通知妳。此外……」

「她或許會來這裡。」

理央搶走咲太想說的話。她的雙眼蘊含緊張感，內心大概在想「遇到另一個自己會沒命」的生靈都市傳說吧。實際上，雙葉理央現在真的有兩人，所以不能忽略這種可能性。沒人知道兩人相見會發生什麼事。即使根據理央的假設，也可以做出相同的推論。

「到時候，妳要冷靜和她談談喔。」

「就算我願意……」

咲太知道理央想說什麼。無法確定另一個理央是否願意。若是想像她離開咲太家的理由，演變成火爆場面的可能性也不是零。如果兩人無法恢復為一人，那麼只有一個人能以「雙葉理央」的身分活下去。必須考量到兩個理央將會爭奪這唯一的位子。

咲太預料到這種最壞的事態，再度騎腳踏車前進。現在非得盡快找到理央才行。

咲太一度想要回到藤澤站搭江之電到學校，但他立刻自己駁回這個計畫。

他已經淋雨淋到全身滴水，搭電車的話不太妙，肯定會造成他人困擾吧。

此外，咲太還在意風勢。風很強，電車也可能因為強風豪雨的影響停駛，這麼一來將會困在車站。

所以，咲太從理央家出發之後，朝著江之島方向騎車。

沿著道路南下，來到134號國道。

沿海的道路。

走這條路到七里濱，大約兩公里。

從大海吹來的風很強。右側的海面漆黑一片，即使是平常風平浪靜的海水浴場，大浪也頻頻打在海灘。

咲太瞇細雙眼，承受著橫向大雨與強風，經過江之島前方。看不到在這個季節與這個時間應該點亮的燈籠光芒。壞天氣當前，今天應該早就收拾完畢了。

風吹得身體搖晃，好幾次差點摔車。

國道車多，出現過令人膽戰心驚的場面，車輛超車時濺起的水花從頭頂淋下。

「啊～～混帳，真麻煩！」

咲太說出沒人聽得到的抱怨，大雨蓋過聲音。

「真的好麻煩！」

即使如此，咲太也沒停止咆哮。腳踏車沒減速。看到七里濱的時候，咲太站起來踩踏板，進一步加速。

「雙葉，妳真麻煩！」

熟悉的七里濱展現完全不同的樣貌。這座海岸的浪一直受到衝浪手的喜愛，但今天的海面魄力十足，感覺光看就會被吞沒。

咲太背對海面，朝著已經看得見的學校，擠出最後的力氣。

「呼……啊～～快吐了。我要吐了。」

咲太搖搖晃晃地將腳踏車停在校門口。

翻越緊閉的校門，進入峰原高中的校區。

四下無人。今天八月十三日到十六日是中元假期，因此學生禁止到校。原本覺得可能有老師留守，卻也感覺不到有老師在。校舍的門當然也關著。

「做到這種程度，要是雙葉不在這裡，我會哭喔。」

咲太一邊抱怨一邊繞校舍一圈，來到物理實驗室外面。

另一個理央剛才告訴咲太，實驗室有一扇窗戶的鎖壞了。從後面數過來的第二扇。

「這裡吧。」

咲太朝窗戶伸手。往側邊一拉，窗戶輕易打開。

咲太踩著窗框進入物理實驗室。

「雙葉，妳在嗎？」

沒回應。

「不在嗎～～？」

同樣沒回應。

咲太總之脫掉鞋襪。接著也脫掉T恤，在流理台擰乾，吸入的水量多到好笑。還有褲子。咲太仗著四下沒人，連內褲都一起脫下來擰，水像是打翻水桶般滴落。

不能全裸在校內徘徊，因此咲太再度穿上潮溼難受的衣褲。心情差到極點，但只能忍耐。

比起這種事，理央不在物理實驗室才是現在最重要的問題。

另一個理央說「或許在學校」的時候，咲太擅自認為絕對是在這裡。

但她不在。

或許不在學校。

咲太剛這麼想，一個熟悉的物體就映入眼簾。一支手機放在黑板前面的實驗桌。咲太拿起來操作，立刻認出這是理央的手機。

理央肯定來學校了。至於現在是否還在學校，必須確認才知道。

咲太想甩掉不安的心情，來到走廊尋找理央。

漫無目的地走。他打算先去二年級的教室。理央或許在自己的班級。

咲太走向階梯的途中，經過一年級的教室前面。峰原高中各年級的教室位於不同樓層。一年級在一樓、二年級在二樓、三年級在三樓。

一年一班教室的門半開。

「……」

是咲太等人去年使用的教室。和理央與佑真同班的教室。

咲太將門開到底，進入教室。

感覺得到某人被聲音嚇到。

理央就在窗邊最後面的座位。她抱膝坐在椅子上，睜大雙眼看著來到教室的咲太。

「梓川，為什麼……」

「啊～～剛才有夠慘的。」

咲太一屁股坐在椅子上，和理央有段距離的講桌正前方。這裡是咲太一年級第三學期的座位，可以清楚看見黑板。

「……」

理央的視線刺在背上。明顯感受得到她警戒的氣息。

咲太假裝沒察覺，向她開口。

「昨天……應該說今天早上，我忘記對妳說一件事。」

「……什麼事？」

「下週，要不要去看煙火？」

「咦？」

大概是咲太說得出乎預料，理央率直表達驚訝。她大概以為咲太想說服她吧。

「就是江之島的煙火大會啊。去年也去了吧？」

「我不是這個意思……」

理央語氣略顯不耐煩。咲太的行動令她不耐煩。

「國見說他也會來。」

「……」

「我們討論過，這次要照妳去年說的，在鵠沼海岸看煙火。」

「我……」

「妳也會來吧？」

「……不去。」

「排了其他行程嗎？」

「我即將從這裡消失。」

這是扼殺情感的聲音。
「我即將從你面前消失，從這座城市消失。」
平靜、冰冷至極的聲音。
「這是怎樣？」
咲太無視於氣氛，以輕浮語氣回應。
「這個世界，不需要兩個雙葉理央。」
另一個理央也說過的話。因為是同一個人，所以會說相同的話。這種理所當然的事莫名令咲太安心。兩個理央果然都是理央。
「只要我消失，一切都能解決。」
「是嗎？」
「另一個我已經停止上傳猥褻照片了吧？」
「嗯，她說不會再犯。」
「她有好好以雙葉理央的身分，住在那個又大又空的家對吧？」
「是啊。」
「而且每天上學，確實進行科學社的活動。」
「還經常去看國見練球。」

「她以雙葉理央的身分，毫無問題地活在世間。」

理央平淡地填平自己的護城河，將自己的存在逼入絕境，試著完全封閉內心，想要就這樣消失。不知道這是什麼樣的心情。

「籃球社的一年級學弟們，熱烈討論另一個雙葉很可愛喔。」

「那就更好了。比起這樣的我，另一個我更高明地成為『雙葉理央』。」

又一塊拼圖拼上去了。然而，這是絕望的拼圖……

「另一個我更適應這個世界。」

又追加一塊。

「以『雙葉理央』的身分幸福度日。」

拼圖即將完成。不對，已經完成了。接下來……

「只要我消失，一切都能解決。」

扔掉多餘的拼圖塊就好。只要這麼做就好。

「這要當成證明題的解答，應該是錯的。」

咲太毫不猶豫如此回應。以一如往常的調調回應……

「沒有任何地方出錯。是滿分的解答喔。」

「大錯特錯。從根基就是錯的。」

「既然這樣！」

響起「喀咚」的響亮聲音。應該是理央猛然起身。

「為什麼要給我看那種照片？」

「……」

咲太看向手上的手機。咲太、理央、佑真三人的合照設定為手機桌布。雖然講出來相當老套，不過這張照片拍下了某個無形的東西。如果將「友情」這兩個字化為形體，肯定會成為這樣的畫面吧。

「我已經無處可去了！」

隱含顫抖的激烈慟哭。

「看到那麼令人羨慕的照片，我滿腦子都這麼想！」

後方傳來吸鼻水的聲音。

「已經不需要我了……無論是你或國見，都只要那個我就好了，對吧！」

所以，咲太認為理央在哭泣。打從心底哭泣，自以為失去了一切……

「梓川，你神經太大條了！」

這句話隱含了攻擊性的犀利。現在這一瞬間，理央憎恨著咲太。這份情感尖銳到令咲太這麼覺得。

「呆子。」

即使如此，咲太依然將理央的情感全部一笑置之。

「雙葉，事到如今還講這什麼話？」

「什麼意思……」

「我神經大條不是眾所皆知嗎？妳不是也經常這麼說？」

「……在這種狀況還講得出這種話，包含這種態度在內！所以我才說你……！」

理央依然想說下去，但咲太面不改色打斷她的話語。

「所以，十九日晚上六點半，在鵠沼海岸站集合。」

語氣和以往在物理實驗室閒聊的語氣相同；和消遣理央單戀佑真的語氣相同。

「……」

理央不禁語塞。

「我要說的到此為止。」

咲太說完將手機塞進口袋起身，就這麼筆直注視黑板，直到最後都沒轉身看理央。

之後是理央自己的問題。如果她不肯抓住伸過來的手，咲太也沒辦法多做什麼。光靠自己的力量，不可能將他人拖離絕望深淵。咲太沒辦法傲慢到自認做得到這種事。

所以，咲太已經沒有理由待在這裡。他踏出腳步準備離開。

這一瞬間，狀況發生了。

咲太視野突然扭曲，身體搖晃。他理解到這是強烈的暈眩時，已經陷入不省人事的狀況。

「梓川？」

理央發出緊張的聲音，聽起來像是來自遠方。

眼前一片黑，視野沒映出任何東西。一瞬間，咲太看到了某個東西，原來是地磚不規則的花紋。或許是污漬。咲太想到這裡，意識就完全中斷。

2

身體在搖晃。感覺是喀噠喀噠來自下方的震動，偶爾左右晃動。

察覺之後，聽到某人的說話聲。

咲太緩緩睜開雙眼。

陌生的天花板，不過咲太只看過一次。警笛聲也似曾相識。再來是打在窗戶的雨聲，還有雨刷規律的運作聲。

「醒了嗎？」

年約三十歲的男性看向咲太，身上是急救隊員的制服。

「梓川。」

理央就在一旁，擔心地看著咲太。

「啊～～我好像昏倒了？」

咲太記得自己起身時一陣頭暈目眩，接著意識被塗成一片漆黑，醒來就在這裡了。

「看得出脫水症狀，之所以昏迷，應該是輕度中暑的症狀。」

在這個時期打開電視，幾乎每天都會在新聞聽到這些專有名詞。咲太沒想到自己會出現這種症狀。

「哪裡痛嗎？你昏倒的時候可能有撞傷。」

急救隊員男性講話很簡潔。

「……」

咲太確認全身的知覺，沒有明顯的痛楚。

「全身都不痛。」

「她說你的頭部重擊地板，所以到醫院之後應該會檢查。」

「好的。」

咲太遵照指示，出聲回應。

都已經昏倒了，要是逞強說自己「沒事」，咲太覺得相當脫線。

經過十分鐘左右抵達醫院之後，咲太被送到頗為普通的診療室。原本以為可以看見醫療影集常出現的急救室，可惜期待落空。

看診的是二十五到三十歲左右的年輕醫師。

「以防萬一，幫你做頭部斷層掃描。」

咲太聽醫師說完，走路前往其他樓層。他就這麼依照指示，以誇張的機械進行頭部斷層掃描，然後又走回一開始的診療室。

「為了以防萬一，幫你打個點滴。」

這種說法有點令人不安，但這時候只能相信醫生。咲太躺在病床上，針插入手臂。點滴架拉到床邊，以管線連接咲太。

「點滴打完我再過來。」

年輕醫師說完匆忙離開，或許有其他重傷病的緊急患者。

咲太看著一滴滴落下的點滴，決定安分躺著，然後就這樣舒服地睡著。

咲太再度醒來是因為臉頰怪怪的，感覺莫名緊繃。真要形容的話，是被人捏住的感覺。

咲太戰勝疲累感，緩緩睜開雙眼。

「早安。」

美麗的女性一臉不悅地俯視咲太。臉頰之所以緊繃，是因為她的手指捏住咲太臉頰。

「……」

總之，咲太目不轉睛地注視著她。

「為什麼看到入迷啊？」

「因為有一位超漂亮的學姊在我面前，不小心就看到入迷了。」

「看樣子應該沒事了。」

咲太緩緩坐起上半身。沒有搖晃的感覺。仔細一看，點滴瓶空了，管線也不知何時拆掉了。針刺的部位貼著止血紗布。

「所以，麻衣小姐……這是什麼懲罰？」

麻衣的手指依然捏著咲太臉頰不放。

「害小楓擔心卻一臉幸福熟睡的哥哥，必須接受這種懲罰。」

「原來如此，我懂了。」

既然這樣就沒辦法了。

「對不起。」

「你要道歉的對象是小楓。快打電話給她吧。」

「遵命。」

咲太回應之後起身。原本想借麻衣的手機，卻不知道醫院是否可以用手機，所以作罷。

既然是醫院，肯定到處都有公用電話。

「這麼說來，麻衣小姐怎麼在這裡？」

「雙葉學妹通知我的。」

咲太曾經以麻衣的手機打電話給理央，所以應該是從當時的通訊紀錄查到號碼吧。

「可是，妳來見我沒關係嗎？」

經紀人吩咐暫時別見面。咲太沒聽說禁令已經解除。

現在他們在診療室，基本上不會被外人看見，不過深處的通道似乎通往隔壁診療室，從剛才就有醫生與護士走來走去，而且幾乎所有人經過時都發現麻衣。白袍男性發出「咦？」的聲音嚇一跳，抱著病歷表的護士姊姊還看第二次確認，甚至有年輕醫師為了看麻衣反覆來回。

「在這之前，應該有話要對擔心得趕來的女友說吧？」

麻衣從圓凳起身，一副不滿的樣子。

「抱歉害您操心了。」

「重來。」

「咦～～」

「重來。」

麻衣的不滿不減反增。依照這個模式，將會一直持續到咲太說出麻衣想聽的話。必須趕快抽中正確答案才行，否則麻衣差不多要踩咲太的腳了。

「要是這樣害得麻衣小姐沒辦法工作，我會過意不去。」

「我說啊，我確實喜歡工作，樂在工作，希望一直工作下去。不過……」

咲太沒說出正確答案，麻衣露出鬧彆扭的表情，講到一半暫時停頓，眼神訴說著某些事。咲太大致知道她想說什麼，雖然知道，不過可以的話，希望麻衣親口說出來。

「不過？」

咲太面不改色地反問。

「你明知我要說什麼，卻故意這樣問吧？」

「不，我完全不知道。」

麻衣微微噘嘴，但還是死心般開口：

「工作很重要，不過……要是你感冒，我就想照顧你，休假的時候也想和你約會。」

麻衣一臉鬧情緒的樣子，眼神責備著讓她講出這番話的咲太。

「明明託你的福復出，但要是見不到你就沒意義了。」

這番話具備強大的破壞力，無法以「可愛」或「開心」這種字眼形容。次元完全不同。

「麻衣小姐！」

「什……什麼事？」

「可以緊抱妳嗎？」

「為什麼啊？」

麻衣提高警覺，退後半步。

「我想把這份喜悅傳達給妳。」

「……」

麻衣思索片刻。

「只限三秒喔。」

接著，她掛著逞強的笑容這麼說。

「咦～～但我覺得至少要一分鐘才能傳達耶。」

「感覺抱這麼久好像會懷孕……呃，呀啊！」

麻衣還沒說完，咲太就稍微強硬地將她抱過來，雙手懷抱在她背後。麻衣的身體好軟、好溫暖，而且好香。

麻衣雙手搭在咲太胸前，縮起身體。

「好，三秒了。」

「我要加時。」

「你應該先辦正事吧？」

首先要聯絡楓，之後也得向理央道謝。理央幫忙叫救護車，還陪同來到醫院。咲太欠她一次人情。

「該辦的正事辦完之後，可以和麻衣小姐繼續嗎？」

「已經超過十秒了，所以不行。」

「咦～～」

「你不遵守約定才會變成這樣。」

咲太迅速放開麻衣。

「來不及了啦。」

麻衣輕戳咲太額頭。

「……」

咲太拚命以眼神訴求。

「用死魚眼看我也沒用。」

「我說過，這是被拋棄的幼犬的眼神。」

「快去吧。要是醫生回來，我會幫你聽醫生怎麼說。」

「那就拜託了。」

咲太將麻衣留在診療室，來到走廊。

「得先打電話給楓。」

公用電話位於已經熄燈打烊的商店方向，並列的四台自動販賣機旁邊。綠色的懷舊款式。

咲太投入十圓硬幣，撥打自家電話號碼。接通之後進入語音留言信箱。

「楓，是我。還醒著嗎～～？」

『哥哥嗎？』

數秒後，楓接聽電話了。

「沒錯，是哥哥。」

『太好了，哥哥活下來了……』

「不要擅自咒我死。接下來應該要辦一些醫院手續，所以我想我晚點才會回家。」

看向牆上的時鐘，已經晚上十點多了。咲太希望盡量在凌晨前返家。

「楓，你可以先睡。」

『楓會等下去。』

「這樣啊。總之，別勉強啊。」

咲太覺得楓應該說不聽，所以只這樣回答。

「楓。」

『什麼事？』

「抱歉害妳擔心了。」

『楓是妹妹，擔心哥哥是理所當然！』

「那麼，謝謝妳一直當我的妹妹。」

『好……好的！楓今後也會努力！』

「那麼，晚點見。」

咲太放下話筒，突然察覺周圍寧靜無比。在這樣的寧靜中，告知電梯抵達的鈴聲響起。自動販賣機區域前方有一座電梯。

電梯門打開，一名少女走出電梯。

「啊……」

咲太不禁發出聲音。因為他知道走出來的少女叫什麼名字。

「咦？」

對方也是一看見咲太就做出驚訝反應。穿著睡衣加拖鞋的室內服出現，年紀比咲太小的這名少女是……牧之原翔子。

「那……那個……咲太先生為什麼在這裡？」

翔子即使視線游移，依然像是掩飾般這麼問。不想被看到的場面被看到了。這種時候特有的慌張出現在臉上。

「我中暑昏倒，被救護車送來這裡。」

「還……還好嗎？」

「症狀不嚴重，而且打過點滴之後，我比平常更有精神了。」

「要好好補充水分才行喔。」

翔子終於正面看向咲太，像是大姊姊般吩咐。

「鹽分也要補充。」

「嗯，說得也是。」

「……」

「……」

對話一度中斷。

「那個，妳怎麼在這裡？」

既然在這裡巧遇就無法避免這個問題。畢竟沒問也很奇怪，而且老實說，咲太很在意。

「我感冒了。」

翔子斷然回答。

「我看看。」

咲太隨意接近翔子，將手心按在她的額頭上。

「看來沒發燒。」

「是……是的。」

「聲音一如往常，也沒咳嗽？」

「……」

「看來也沒流鼻水。」

咲太逐漸截斷退路。

「對不起，我說謊了。」

翔子很乾脆地坦承了。

咲太一開始就知道了。翔子身上穿的是睡衣、腳上穿的是拖鞋。現在時間是晚上十點，不是外來患者就醫的時段。既然不是咲太這種以救護車送來的患者，那就只剩下一種可能性。翔子是住院患者。

「……哪裡出問題？」

咲太原本猶豫是否該問，但是一看到翔子低頭露出害怕表情的瞬間，他就開口了。

「啊……」

翔子嘴巴微開，卻立刻閉上。

「如果不想說，我不會逼問。」

「不，我想告訴咲太先生。」

翔子露出暗藏決心的眼神抬起頭。

兩人並肩坐在自動販賣機區設置的長椅，翔子緩慢、平靜地說明她的病。

她只講病名一次，咲太記不住，也完全無法想像是什麼漢字，不過只知道是心臟的疾病。

總之是難治之症，而且隨著翔子的發育惡化。翔子說，雖然有數種方式可以延長生命，不過想確實治好只能靠移植手術。然而，孩童的內臟捐贈者比成人少太多了，接受移植手術的機會微乎其微。而且出現捐贈者就代表某人遭遇不幸，述說時的翔子表情五味雜陳。

希望出現捐贈者。但是這種想法如同在詛咒別人不幸，她內心應該不好受吧。

「沒接受移植手術會怎麼樣？」

「確認是這種病的時候，醫生說我可能很難從國中畢業。」

翔子非常平淡地述說自己的末路，臉上甚至浮現安詳表情。咲太完全不明白箇中意義。

不過，他依然明白一件事。

「原來是這樣啊。」

「咲太先生？」

「我終於明白了。」

「明白什麼？」

「妳在談到疾風那時候說過吧？只要妳說『想養貓』，爸媽絕對會答應。」

如果沒接受移植手術，可能只能活到十四五歲。父母當然會對這樣的女兒百依百順，自然想盡量為女兒做點事。只要是翔子想要的東西都願意買；只要是翔子想做的事都讓她去做。

「爸爸與媽媽對我很溫柔。」

「……」

「他們很溫柔……無論我提出任何要求，他們都會說『沒問題』。這樣讓我很高興，卻也同樣難過。」

「嗯。」

咲太沒有亂插嘴，只出聲附和。他不可能敢說自己能體會翔子與父母的心情。

「媽媽每次說完『沒問題』，一定會在背地裡說『對不起』……道歉說『害妳天生罹患這種病，對不起』……」

「嗯……」

「所以……我直到今天都沒說要養疾風。」

翔子如此述說時，側臉明顯蒙上陰影。咲太察覺了，而且也知道陰影的真相。

所以，咲太默默捏住翔子的臉頰。

「這……這是怎樣？」

咲太出乎預料的行動，使得翔子發出慌張的聲音。

「這是妳怪罪媽媽該受的懲罰。」

「咦？」

「露出這種臭臉央求，妳媽媽當然會覺得對不起妳。」

「可是……」

翔子想開口之前，咲太連她另一邊的臉頰也捏住。

「要……要艾先生？」

她大概是在說「咲太先生」吧。

「只要妳抱持『對不起，我生病了』這個想法，一切都不會改變。妳的爸爸媽媽肯定有察覺到這份罪惡感。害妳抱持『對不起』的想法，是最讓他們難過的事吧？妳媽媽也會因而覺得『害妳天生罹患這種病，對不起』。」

「這……或許吧……」

翔子輕聲說。

「可是，既然這樣，我該怎麼……」

「牧之原小妹，先不提妳害爸媽難過而感到抱歉，妳對爸爸媽媽有什麼想法？」

「我喜歡爸爸，也喜歡媽媽。好喜歡。」

翔子筆直看著咲太，毫不猶豫這麼說。應該是毫無虛假的真心使然。

「妳對他們兩人這樣說過嗎？」

「……沒有。」

「與其聽到『對不起』，聽到『喜歡』會讓我高興得多。聽到『好喜歡』會樂翻天。」

「啊……」

看來，翔子終於理解咲太的意思了。

「某人對我說過，『謝謝』、『妳好努力呢』以及『好喜歡』是她喜歡的話語前三名。」

「我……」

咲太放開手之後，翔子迅速起身。

緊接著，電梯抵達的鈴聲響起。走出電梯的是將近四十歲的夫婦。看得出他們發現翔子之後有所反應。

大概是翔子遲遲沒回去，才會來找她吧。

「媽媽、爸爸。」

翔子小跑步接近兩人。

「啊，翔子，別用跑的……」

母親如此關心時，翔子順勢撲進她的懷抱。

「哎呀，怎麼了？」

母親露出驚訝反應，但依然溫柔接住她。

「媽媽、爸爸，一直都很謝謝你們。」

「什麼？怎麼了？」

父母轉頭相視。

「我喜歡爸爸，也喜歡媽媽。好喜歡。」

「媽媽跟爸爸也很喜歡翔子喔。」

父親輕輕撫摸翔子的頭。

「嗯，是啊。」

「我很高興爸爸媽媽是我的爸爸媽媽。」

翔子就這麼抱著母親抬頭，綻放滿臉笑容。

「翔子……」

母親聲音哽咽，雙眼溼潤反光。父親也微微別過頭，似乎在拭淚。位於該處的是溫馨的空氣，充滿相互關懷的家族溫情。

「我……有一個請求。」

「翔子，什麼請求？」

「我想養貓。」

帶著開朗笑容的任性。翔子的父母以慈祥的表情接納。

「好啊，那就養吧。」

咲太目送翔子牽著父母回到病房。

「梓川。」

此時，身後傳來這個聲音。

理央在咲太身後。不知道她從何時開始旁觀這一幕。

「你可以下床了？」

「這裡是醫院，我再度昏倒也沒問題吧？」

「真麻煩的患者呢。」

理央嘆氣露出苦笑。

「這次給妳添麻煩了。」

「一點都沒錯。做法真卑鄙。」

理央雙眼累積不滿。

「你在那裡昏倒，我沒辦法扔下你。」

「既然這樣，就不枉費我昏倒了。」

咲太坐在自動販賣機旁邊的長椅。理央也坐在和他距離兩人寬度的位置。

「謝謝妳幫忙聯絡麻衣小姐。」

「要好好道謝喔。」

「我這不就在道謝了嗎？」

「不是對我，是對櫻島學姊。」

「……難道說，她非常擔心我？」

剛才交談時完全感受不到，但麻衣專程趕來，或許果然比咲太想像的還要擔心。

「她抵達醫院之後，一直緊握著昏睡的你的手好一陣子。」

「有拍下當時的照片嗎？」

「怎麼可能。」

「唔哇～～我超想看的。」

「你真的是笨蛋呢。」

傻眼的笑。不帶情感的笑聲在走廊響起。

「……」

「……」

話題中斷，就覺得夜晚醫院的寧靜程度加深。自動販賣機的低沉運轉聲稍微填補空檔。

理央一直注視著伸直的雙腿趾尖，如同在尋找後續的話語……

「梓川，我……」

「『已經不需要我了』，『只要沒有我，一切都能圓滿收場』，『可是，其實我怕得不知道該怎麼辦』……這種麻煩的話語，我已經不想聽了。」

「……」

理央長長的沉默，讓咲太知道自己說中了。

「討厭自己也無妨喔。」

聲音逐漸滲入寧靜的醫院走廊。

「……」

「我總是抱持『哎，就是這麼回事吧』的想法活到現在。」

「不愧是梓川呢。」

理央像是呼氣般輕聲一笑。

「一般來說，這時候應該說『慢慢喜歡自己就好』或『雙葉也有很多優點』才對吧？」

接著，她這麼說。

「活得這麼積極只會累吧？而且這種熱愛自己的傢伙很煩。」

無法硬是喜歡上自己討厭的事物。要是試著喜歡，就會產生摩擦或壓力之類的障礙。如果這樣會折磨自己，放棄積極也是一種選擇，有時候會因而得救。咲太在兩年前學到這個道理，經過楓的事件學到這個道理。戰鬥並非一切。這樣就好。

「梓川爛透了。雖然爛透了……不過，我莫名鬆了口氣。」

理央如同擺脫心魔，露出安心的表情。

「真的，鬆了口氣。」

心情的絲線一直緊繃，將會因為某些契機而斷掉。偶爾放鬆留點餘力比較好，心情會放鬆許多。而且只要有餘力，對周圍景色的看法也會改變。如同現在的理央……

將一切堆積在心裡的理央應該需要這種平凡的放鬆吧。需要一點點的「隨便」。

咲太看著理央放鬆多餘力氣的側臉，如此心想。

「那個，梓川……」

沉默片刻之後，理央有些難以啟齒般說了。

「嗯～～？」

「……煙火。」

「噢。」

「我也可以去嗎？」

「不行。」

「……」

「用這種講法就不行。」

像是在思索的嘆氣從理央小小的嘴流出。

即使如此，也只需要短短幾秒的時間。

「我……我也……想去看煙火。」

聲音難得慌張。不習慣展露在外的率直情感使得理央講話結巴。

「講話的對象錯了。」

咲太以手指彈出剩下的十圓硬幣，硬幣描繪平緩的拋物線。理央以雙手夾住般接住，眼神自然投向公用電話。

理央獨自起身，走到電話前面。

拿起話筒、投入硬幣、撥打號碼。咲太背對著她聆聽這些聲音。

理央的呼吸很緊張。

咲太身後傳來電話迅速接通的氣息。

理央緩緩吸氣。

「是我……嗯，我見到梓川了。所以，那個……我有個請求。」

理央暫時停頓，大口吸氣。

「我……也想一起去看煙火。」

接著，她吐露自己的想法。

理央沒有繼續說下去，呼吸與氣息似乎也在這一瞬間消失。接著響起「喀咚」的堅硬物體碰撞聲。

咲太靜靜轉身。

映入眼中的，是極為普遍的綠色公用電話，話筒無力垂下。無論往右看或往左看，都沒看到任何人，只有漫長的走廊延伸到遠方。咲太的視野範圍內只有他一個人。

咲太起身抓住話筒，抵在耳際。

「哈囉~~？」

他以略微胡鬧的聲音呼喚。

『梓川，你回去診療室啦。櫻島學姊正在等你吧？』

聽到的是這樣的回應。

「這麼一來，我終於可以和麻衣小姐卿卿我我了。」

『我不聽這種事。』

「稍微聽一下啦。」

『不提這個，煙火。』

理央二話不說改變話題。

『梓川，別遲到啊。』

「雙葉，妳稍微遲到也沒關係喔，畢竟穿浴衣應該會花一些時間。」

『真的一定要穿那個？』

「要是沒有穿浴衣的女生，去看煙火根本沒意義。」

『是喔……既然講好了，那也沒辦法了。』

理央的聲音聽起來挺愉快的。

終章

煙火過後只留下夏季回憶

八月十九日。

江之島納涼煙火大會當天。

咲太走到會合地點鵠沼海岸站，佑真已經在等了。

「嗨。」

「嗨。」

佑真個子高，穿起浴衣很好看。

咲太今天也穿浴衣。

理央事前表示只有她穿浴衣會害羞，所以逼兩人一起穿。

咲太身上整套浴衣的售價是實惠的八千圓。當時順便買了楓的浴衣，沒想到更貴。這陣子得增加打工排班才行。

「這麼說來，古賀學妹真的幫你代班耶。」

依照預定，咲太今天原本要打工。

「不過，改天得請她吃聖代。」

到時候讓她知道聖代熱量高達六百大卡吧。咲太心想。

「兩位交情真好。」

兩人閒聊時，下行方向的電車進站。

約定時間已過。

乘客們魚貫走出驗票閘口，其中零星看得見同樣穿浴衣的人。咲太在尾端發現熟悉臉孔。

「喂～～雙葉！」

佑真揮手告知位置。

理央和佑真目光相對，就立刻低下頭。即使距離還很遠，依然看得出她連耳根都紅了。

理央就這麼低著頭，小步走向兩人。

黃色與淡棗紅色花朵圖樣的白底和服。腰帶是溫和的黃色，搭配得很可愛。頭髮綁起來，不過有戴眼鏡。手上的深藍色小布袋統合整體的色調。

「雙葉，妳戴回眼鏡了啊。」

「會……會奇怪嗎？」

理央觸摸鏡框，在意眼鏡。

「跟浴衣很搭喔。對吧，咲太？」

「總覺得色色的。對吧，國見？」

「哎，沒錯。」

「所以我討厭穿浴衣。」

理央即使感到傻眼，卻不是很抗拒的樣子。

從車站步行約十分鐘。咲太等人來到海岸時，第一發煙火剛好升空。

煙火發出響亮的聲音，在夜空綻放美麗的花朵。花朵消失之後，下一發煙火再度鮮豔點綴江之島的夜空。

有煙火如同柳葉下垂，有煙火點亮一圈圈的光環，也有煙火一度消失之後再度發光……

咲太、理央與佑真鮮少交談，靜心欣賞江之島夜空升起的煙火。

隨著大會進入尾聲，大顆的煙火將夜空染成華麗色彩，照亮海面、江之島與弁天橋。

連續升空的煙火看起來很過癮，聲音化為震動傳導過來。

「國見。」

理央小小的聲音混入其中。

「嗯？」

「……」

理央的聲音被煙火聲蓋過。

「什麼？」

佑真似乎也沒聽到，將耳朵湊過去反問。

理央挺直身體，雙手搭在佑真耳際低語。短短的一句話。煙火開花又消失的這段時間，理央離開佑真。

理央立刻低下頭，害羞地緊閉雙唇，臉也很紅。一看就知道不是煙火光輝造成的。

「雙葉，我……」

「回應就免了。」

理央打斷佑真的話語。

「因為我早就知道了。」

「……這樣啊。」

「聽了你的回應，我想我會哭。」

「咲太說，到時候他會借浴衣的袖子給妳用。」

「要擤鼻涕也隨便妳喔。」

「笨蛋。」

理央看向咲太笑了。佑真見狀也笑了。然後，理央右手抓住咲太的手臂、左手抓住佑真的手臂，將兩人拉過來，一起注視煙火。

「喔！」

「唔喔！」

理央出乎意料的行動，使得咲太與佑真同時驚呼。

「肯定只有我呢。」

「嗯？」

「只有我能在梓川與國見中間看煙火。」

理央眼角噙淚，卻掛著笑容。所以咲太不發一語，將視線移回煙火。佑真也一樣。

江之島的夜空綻放大大的花朵。

將這幅光景烙印在眼底。

成為這輩子永不磨滅的回憶之一……

總有一天，會成為三人共同懷念的高二夏日回憶……

後來直到暑假結束的十天左右，盡是平凡的日子。

約會禁令沒變，所以咲太無法和麻衣外出，而且到頭來，麻衣行程滿檔，沒空見面。

不得已，咲太只好努力打工，偶爾到學校的物理實驗室露面，和理央懶散消磨時間。理央警告「不要打擾我進行社團活動」，但咲太隨便當成耳邊風。

這樣的日子過著過著，本應漫長的暑假也來到最後一天。

八月三十一日。

這天，翔子和父母一起在上午登門造訪。身體狀況轉好的翔子在兩天前出院，今天來接疾風回家。

來到玄關送別的那須野有些寂寞地「喵～～」了一聲。只從客廳探頭的楓也一樣。即使如此，最後依然揮手道別了。

這是正確的形式。這是好事，所以要高興才對。

道別時，咲太送三人到公寓一樓。

「那個，咲太先生。」

翔子以有些緊張的語氣開口。

「什麼事？」

「那……那個……」

兩人目光相對，翔子難得主動移開視線，微微低頭，臉頰有點紅。

「我還可以來玩嗎？」

即使如此，她依然揚起視線看著咲太，直接詢問。

「可以啊。帶疾風來吧，楓與那須野也會很高興的。」

「咲太先生呢？」

「嗯？」

「咲太先生也會高興嗎？」

「……」

「不好意思，我講得很奇怪……」

翔子滿臉通紅縮起身子，咲太輕輕將手放在她頭上。

「改天再來玩喔。」

「好的！」

翔子抬起頭，靦腆但充滿活力地回應。然後她掛著笑容揮手，和父母、疾風一起回家。

到最後，關於兩年前遇見的翔子，還是沒有半點進展。

「哎，算啦。」

即使如此，咲太依然看著翔子幸福的身影，如此心想。

隔天是九月一日，希望永遠不要來的第二學期來臨了。

在依然難熬的暑氣中，咲太不得已一大早就上學。到學校就見得到麻衣，所以這是他現在的原動力。

在江之電藤澤站的月臺，咲太和佑真、理央會合。三人不期而遇是很稀奇的事。

「嗨。」

「嗨。」

「早安。」

理央戴著眼鏡，綁起頭髮。知性又成熟的氣息，隱約有種清秀感。

「幹嘛盯著我看？」

理央牽制般詢問，但她應該知道咲太這道視線的意思，所以沒提及這一點。

「雙葉，作業寫了嗎？」

「暑假結束才問這個問題，確實是梓川的作風呢。」

三人一邊這樣閒聊，一邊搭乘進站的復古電車。還沒抵達學校，這股懷念的氣氛就令咲太體認到第二學期真的開始了。

咲太與佑真將理央塞到另一側的車門前面，站在她身旁。

接著，咲太不經意感覺到視線。佑真的女友上里沙希站在下一個車門前面。視線一和她相對，她就撇過頭。

「還在吵架？」

「冷戰中。」

佑真一臉為難。

「既然這樣，國見，你去那裡。」

嬌小的理央推開高大的佑真。

「呃，喂，雙葉？」

「既然不說理由，原因肯定是我或梓川吧？」

「啊～～這個嘛……」

佑真沒能立刻回應，露出「糟了」的表情。咲太也隱約察覺這件事。

「發生了什麼事？」

「哎，該怎麼說……就是她刪掉我手機通訊錄的一部分……」

「我跟雙葉嗎？」

「不，只有你。」

「那個臭婆娘……」

「只是這種事，趕快和好不就行了？」

沒成為當事人的理央隨口這麼說。

「不，可是啊……」

「如果國見是這種反應，我的決心會動搖。」

「聽妳這麼說，我就沒轍了……」

佑真大概是做好心理準備了吧，他先走到車外，在發車前再度從旁邊車門上車，移動到沙希身旁對她說話。被搭話的沙希看起來有些困惑，但是不久之後就開心地笑了，表情看起來也像是鬆了口氣。

理央以咲太當擋箭牌躲在車門角落，大概是不想看到佑真與沙希和睦談笑的樣子。

「妳別管他們不就好了？」

「這樣就好。要是成為男女朋友，分手之後就互不往來了吧？」

「……」

「我想長久相處下去。」

「這也太不服輸了。」

「少囉唆。」

理央像是孩子般鼓起臉頰。咲太也第一次看到她這張稚嫩的表情。雖然大概還要花一段時間才能整理好內心，但現在這樣就好。因為理央是這麼認為的……

只有四節車廂的短短電車，今天也載著咲太等人緩慢、悠哉地前進。

全校約一千名學生聚集在體育館進行的始業典禮，許多學生帶著扇子參加，顯示夏末的氣溫多麼難熬。

即使校長正在諄諄教誨，曬得黝黑的學生依然不斷搧風。教師沒阻止，因為要是有人中暑就麻煩了。

校長講了五分鐘，依然沒有要結束的徵兆。咲太將校長的致詞當成耳邊風，一直看著三年一班的隊列。

麻衣所屬的班級。

但是不知為何，沒看到麻衣的身影。

昨晚，麻衣打電話說「明天可以在學校見面」，所以咲太一直很期待，大概還沒到校吧。

始業典禮結束之後，學生們各自回教室開班會。班導說了「總之，就隨便得過且過吧」這句莫名其妙的話語，大概是剛過完暑假的學生們大都沒幹勁，才會講這種話配合吧。

咲太拿起書包離開教室，走樓梯到三樓。這裡是三年級的樓層。

三年一班還在開班會，咲太在後門窺視。

「……」

麻衣果然不在。座位是空的，也沒有書包。看來沒上學。

為了確認麻衣是否真的沒來，咲太到一樓找公用電話。他來到校舍角落的辦公室前面。

在恐怕只有他一個人使用的公用電話投入十圓硬幣，撥打號碼。

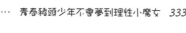

「……」

沒有接通的徵兆。鈴響十聲之後進入語音信箱。

「呃～～我是咲太。妳今天好像沒上學，所以我打個電話問問。總之我今天先回家了。」

咲太留下這段話之後，放下話筒。

「呼……」

原本以為今天絕對見得到面，所以大為失望。

「哎，只要得到相應的獎賞就好。」

咲太切換成樂觀心態，踏上歸途。

咲太從距離學校最近的七里濱站搭電車約十五分鐘，抵達終點站藤澤再步行約十分鐘，抵達自家公寓門前。

他在門前停下腳步，不經意仰望對面的公寓。麻衣住在那裡。

苦思要不要按對講機的時候，某人打開電子鎖的玻璃門走出來。

「啊……」

是麻衣。

麻衣和咲太目光相對，眨了兩次眼，卻若無其事移開視線，想要直接離開。

「麻衣小姐？」

咲太伸手搭麻衣的肩膀叫住她。

「！」

麻衣隨即甩掉咲太的手，猛然轉身。頗具戒心的態度，雙眼暗藏像是在觀察咲太的光芒。

「咦，怎麼了？」

突兀感強烈到異常。某方面不太對勁。她的外表確實是麻衣，散發的氣息卻判若兩人。

「你是誰啊？」

「啊？」

一瞬間，咲太聽不懂麻衣在說什麼。

「我再問一次，你是誰啊？」

直接的攻擊性語氣，一點都不像總是從容的麻衣。視線也很疑惑，盡顯不信任感。感覺真的是另一個人。

明明剛解決理央的事件，難道又出現生靈了？

「如您所知，小的是和麻衣小姐進行清純交往的梓川咲太。」

咲太極度挖苦地說。

「啥？這種眼神死掉的男生，怎麼可能是姊姊的男朋友？」

瞧不起人的態度。

「啥？」

咲太不禁也以「啥」回應。眼前的麻衣剛才好像說了「姊姊」。難道是雙胞胎妹妹？不，咲太聽過麻衣說她有個妹妹，不過記得這個妹妹的來歷有點複雜，是父親離婚離開麻衣之後，和另一個女性再婚生下的妹妹。同父異母的妹妹。記得肯定不是雙胞胎，年齡也不同，所以外表不可能一模一樣。

只是這麼一來，除此之外還有哪種可能性？咲太完全摸不著頭緒。

不過正因如此，咲太只能說出這句話。

「我才要問，妳是誰啊？」

他這麼問了……

後記

本書是《青春豬頭少年》系列的第三集。

第一集的書名是《青春豬頭少年不會夢到兔女郎學姊》，第二集是《青春豬頭少年不會夢到小惡魔學妹》，如果各位從本書開始感興趣，這兩本也希望各位捧場。

以為這本是第一集而取閱的各位……對不起。

這次後記的開頭有點似曾相識，這一點也對不起。

已經有讀者詢問，所以稍微聊一下書名。

這次的系列作品不是依序編號，而是採用變更部分書名的做法，原因在於每一集都有明確的女主角。

想讓該集的焦點角色好好登上封面……類似這樣的父母心，希望各位可以理解。

所以，第四集同樣是《青春豬頭少年不會夢到○×△□》。目前可能出線的其中一個詞是

「偶像」，然而結果將會如何？是怎樣的偶像？

下一集，預定麻衣的戲分將會很多。雖然始終只是預定，不過這個預定應該不會變……我想不會變……不會變吧？

繪製插畫的溝口老師、荒木責編，本書也承蒙兩位在各方面鼎力相助，請容我由衷道謝。今後請繼續多多指教。

本次也要向陪同到最後的各位讀者致上最深的謝意。希望在第四集也能見到各位。應該是在春季……吧。

鴨志田一

國家圖書館出版品預行編目資料

青春豬頭少年不會夢到理性小魔女 / 鴨志田一作；
哈泥蛙譯. -- 初版. -- 臺北市：臺灣角川, 2015.11
面；　公分. -- (Kadokawa fantastic novels)

譯自：青春ブタ野郎はロジカルウィッチの夢を見ない
ISBN 978-986-366-793-3(平裝)

861.57　　104019777

Kadokawa
Fantastic
Novels

青春豬頭少年不會夢到理性小魔女

(原著名：青春ブタ野郎はロジカルウィッチの夢を見ない)

2015年11月25日 初版第1刷發行
2023年10月2日 初版第12刷發行

作者：鴨志田一
插畫：溝口ケージ
日版設計：木村デザイン・ラボ
譯者：哈泥蛙

發行人：岩崎剛人
總編輯：蔡佩芬
編輯：孫千棻
美術設計：吳佳昫
印務：李明修（主任）、張加恩（主任）、張凱棋
發行所：台灣角川股份有限公司
地址：104台北市中山區松江路223號3樓
電話：(02)2515-3000
傳真：(02)2515-0033
網址：www.kadokawa.com.tw
劃撥帳戶：台灣角川股份有限公司
劃撥帳號：19487412
法律顧問：有澤法律事務所
製版：尚騰印刷事業有限公司
ISBN：978-986-366-793-3